心心相系　共克时艰
——同心抗疫设计作品选

教育部高等学校设计学类专业教学指导委员会
中国创新设计产业战略联盟设计教育工作委员会

Excellent Creative Minds
Working to Overcome COVID-19

主编：陈汗青　鲁晓波
Chen Hanqing Lu Xiaobo

心相系·克时艰
Heart-to-heart
Overcome Difficulties

北京大学出版社
PEKING UNIVERSITY PRESS

心心相系
共克时艰
同心抗疫设计作品选

2020
ANTI-EPIDEMIC
DESIGN ALBUM

内 容 简 介

本书汇集了在举国抗疫斗争中,教育部高等学校设计学类专业教学指导委员会、中国创新设计产业战略联盟设计教育工作委员会引导广大设计专业师生开展的"众志成城 设计抗疫作品征集活动"的优秀作品,反映了全国设计学人响应国家号召,贯彻"健康中国 2030 国家发展规划"精神,以大爱无疆之心及崇高的责任感投身战疫,以科学知识、艺术设计智慧创作,来讴歌我党团结带领各族人民共克时艰奋勇抗疫的磅礴力量。书中选录的 500 多件作品,正是人类抗疫史上英勇壮举的形象性记录,展现了中国精神、中国力量、中国担当。其中,有数百件作品发表在中宣部"学习强国"等平台,激发了人们应对未来变革的思考,在国内外产生了积极影响,受到教育部高教司领导与专家的高度评价。

全书主题突出、风格多样、尊重科学、强调原创与转化,涵盖了视觉传达设计、产品设计、环境设计、信息艺术设计、服装设计及其他类别,为后疫情时代弘扬伟大抗疫精神,进一步动员各方力量打赢全球 COVID-19 疫情防控战,同时推进各项建设(包括设计学科建设、专业建设),为服务社会,以德育人,培养立大志、明大德、成大才、担大任的时代新人,做出了示范。

本书可供政府部门、科研机构、大专院校、图书馆、博物馆及有关企事业单位进行宣、教、藏、用等工作时参考。

图书在版编目(CIP)数据

心心相系 共克时艰:同心抗疫设计作品选 / 陈汗青,鲁晓波主编. —北京:北京大学出版社,2021.11
ISBN 978-7-301-32611-4

Ⅰ. ①心… Ⅱ. ①陈…②鲁… Ⅲ. ①设计—作品集—中国—现代 Ⅳ. ①I121

中国版本图书馆 CIP 数据核字 (2021) 第 265619 号

书 名	心心相系 共克时艰——同心抗疫设计作品选 XINXIN XIANGXI GONGKE SHIJIAN——TONGXIN KANGYI SHEJI ZUOPINXUAN
著作责任者	陈汗青 鲁晓波 主编
策划编辑	李 虎 孙 明
责任编辑	蔡华兵 李 虎
标准书号	ISBN 978-7-301-32611-4
出版发行	北京大学出版社
地 址	北京市海淀区成府路 205 号 100871
网 址	http://www.pup.cn 新浪微博:@北京大学出版社
电子信箱	pup_6@163.com
电 话	邮购部 010-62752015 发行部 010-62750672 编辑部 010-62750667
印 刷 者	北京雅昌艺术印刷有限公司
经 销 者	新华书店
	889 毫米 ×1194 毫米 16 开本 18.25 印张 568 千字 2021 年 11 月第 1 版 2021 年 11 月第 1 次印刷
定 价	499.00 元

未经许可,不得以任何方式复制或抄袭本书之部分或全部内容。
版权所有,侵权必究
举报电话:010-62752024 电子信箱:fd@pup.pku.edu.cn
图书如有印装质量问题,请与出版部联系,电话:010-62756370

编委会

编委会专家组（按姓氏音序排列）

曹　阳　柴春雷　常树雄　陈汗青　陈劲松　陈　楠　陈越红　段胜峰
冯信群　顾佩华　桂宇晖　郭春方　郭线庐　郭振山　过伟敏　侯东昱
季　铁　季晓芬　贾荣林　荆　雷　李亚军　林家阳　林　蓝　刘秀伟
娄永琪　鲁晓波　吕杰锋　吕品田　宁　钢　潘长学　潘鲁生　任文东
宋建明　宋协伟　孙　琦　孙守迁　唐　建　王华琳　王双全　王晓予
吴　群　吴小华　吴晓玲　吴学夫　徐　江　许　奋　杨建明　伊天夫
詹和平　赵　超　周　云　朱旭光

编委会工作组（按姓氏音序排列）

陈汗青　陈　楠　桂宇晖　韩少华　雷　鑫　李　卓　鲁晓波　吕杰锋
潘长学　粟丹倪　王　军　王双全　徐进波　赵　超

编辑助理（按姓氏音序排列）

陈　灿　郎靖宇　刘　梅　丕　钊　张志海

序一

庚子岁首，COVID-19疫情突发，全国同心抗疫，设计学人全力以赴。教育部高等学校设计学类专业教学指导委员会（以下简称"教指委"）、中国创新设计产业战略联盟设计教育工作委员会，积极响应国家"坚定信心、同舟共济、科学防治、精准施策"的号召，倡导探索疫情防控期间课程教学、毕业设计及展览等应对方法，积极推荐"在线教学工具平台"资源，共享国内外在线教育资源，力求保证线上、线下"融合式教学"的顺利进行和内容质量。同时，教指委向全国设计院校师生征集作品，倡导设计学人贯彻《"健康中国2030"规划纲要》精神，结合大健康、公共服务与设计创新等问题，用设计抗疫作品的创作，传播、汇聚正能量，为全球抗疫贡献设计之力。

广大设计院校师生积极响应，纷纷以大爱无疆之心、崇高的社会责任感和对设计创作的初心与赤诚，运用设计智慧、专业语言创作了大量的设计抗疫作品，并且有数百件设计抗疫作品发表在中宣部"学习强国"等平台。在抗疫艰难时期，"众志成城 设计抗疫"等线上平台几乎每日推送一期（总数已逾141期）设计抗疫作品，凸显了全国设计学人"万众一心打赢疫情阻击战"的强大凝聚力与战斗力。此举受到了教育部高教司和疫情突发地宣传部门领导的高度评价，并在国内外产生了积极的影响，为进一步坚定人们战胜疫情的信心作出了贡献。

本书的出版，正是这一设计抗疫战况的历史性记录。本书选录了全国众多高校设计专业师生创作的反映伟大抗疫精神、健康中国的作品，涵盖了视觉传达设计、产品设计、环境设计、信息艺术设计、服装设计及其他类别。这些为人民抒怀的优秀设计抗疫作品，主题突出、风格多样、尊重科学、强调原创与转化；以具有创新力、感召力、视觉冲击力的艺术语言讴歌了全国人民抗击疫情的事迹；反映了抗疫人员坚守一线、勇于担当、逆行而上、无私奉献的精神。

这些设计抗疫作品的作者本着对人类社会的高度责任感，从人文关怀的视角探讨人的共性情感，运用科学知识、设计智慧、专业技能助力防疫攻坚。这些回应社会需求的艺术设计作品和疫情防控形势下对人才培养的积极坚守，其探索与实践的成果，也为后疫情时代设计学科建设、专业和课程建设提供了可供借鉴的理念和方法，为设计服务社会、以德育人作出了一定意义上的引领示范。

这场史无前例的COVID-19疫情，使应对"人类公共卫生危机"成为设计界的重要命题，激发着我们进行前所未有的思考与探索。设计教育不仅要培养创造设计能力，更要培养具有崇高道德情操、问题意识强烈、能应对未来变革、协同创新的专业卓越人才。

在中国抗疫取得阶段性成功之日，由北京大学出版社大力支持的《心心相系 共克时艰——同心抗疫设计作品选》即将出版，《众志成城 设计抗疫——同心抗疫优秀设计作品选》也将后续出版。我们由衷地感谢各参与院校和广大设计专业师生对本次活动的鼎力支持，感谢编委会与北京大学出版社各位老师在疫情期间为本次活动所做的卓有成效的工作。当前，COVID-19疫情仍在全球肆虐，疫情防控任重道远。我们希望本作品选的出版，能进一步推进中国设计教育为人类命运共同体打赢全球COVID-19疫情防控阻击战贡献微薄之力。

教育部高等学校设计学类专业教学指导委员会主任委员
清华大学美术学院院长、教授
2020年08月26日

序二

在"众志成城 设计抗疫"线上平台完成141期的编审并向"学习强国"选推后,心情略觉轻松,透过窗外的波光水色,心底再次浮现昔日"封渡""封城",举国抗疫波澜惊天的情景。无数英雄面对疫情默默付出、舍生忘死的精神,激励了包括设计学人在内的全国民众……

自"心相系·克时艰"筹备组工作至今,团队每日在撰稿时都被白衣执甲、千里逆行的豪杰和设计学人的大爱情怀与创意所感动。广大师生在积极投入"融合式教学"的同时,热诚服务社会,以充满激情与智慧的专业语言,讴歌人民至上、生命至上、尊重科学、向上向善的中国精神,讴歌抗疫的中流砥柱与战疫中的真善美,宣传科学的生命观、人生观,助力健康中国体系建设。大量作品,以设计的人文尺度对生命、对全球社会状态进行审视、反思,主题鲜明、意境深远,激情高昂、直击人心,反映了中国设计学人的精气神及其为实现中华民族伟大复兴的理想与担当。总的说来,"众志成城 设计抗疫"活动令人印象深刻,在此拟从以下五点概括:

1. 宣传深入,支持广泛,影响深远。国内外数百所设计高校的师生用画笔绘就万众一心的长卷,书写勠力同心、共克时艰,反映时代要求和人民心声的感人篇章。广大设计学人以作品将社会主义核心价值观内化为中国人民的精神追求,热情讴歌奋战一线、不畏艰险、无私奉献、矢志不渝的"最美逆行者";讴歌中华文明的深厚底蕴和中国共产党人的价值追求;讴歌风雨同舟、敢于战胜一切艰难险阻的伟大抗疫精神。所选作品新颖、形象感人、寓理于情、风格多样、精益求精,不仅具有推广价值,而且已转化为关心疫区人民的情感枢纽,凸显了设计学人的情怀、风骨和赤诚,起到凝聚人心、增强必胜信念的作用。

2. 这些设计抗疫作品的作者克服了压力大、时间紧等困难,从人民抗疫的实践中汲取营养、积累精华,把人民的冷暖与福祉"放在心中","把人民的喜怒哀乐倾注在自己的笔端"。他们不断地去发现美、创造美,以富有创造力、视觉冲击力的艺术语言,言简意赅地表现真善美的永恒价值。这些有温度的作品从真实的生活出发,围绕他们观察到的现实问题，在创作中不断物化、浓缩东方文化的意蕴、内涵和品位，传递核心价值观，从解决设计问题、社会问题等角度，发出设计的声音；表现了设计学人对人类物质世界精神世界生存与发展的独特观察与思考，努力在人民抗疫的创造中推动设计的进步，达到知、情、意、行统一；彰显了中国设计学人的品德、水准、价值和专业素养；展现了设计学人与国人同心抗疫、克难攻坚、勇战疫情的精神风貌。

3. 热诚的艺术创新与冷静的学术思考是设计抗疫前行的核心要素。这些作品秉承融汇中西、贯通古今，面向当代人民的理念，在传递艺术创造力、践行为人民服务的精神的同时，也浸润着多元开放的校园文化，具有与全人类共同价值观同向同行的精神追求，令人感悟到中国精神、民族气韵历久弥新的魅力。

4. 各单位负责人与骨干深入一线落实中央决策部署，精心组织、责任到位，激发了大家的抗疫热情、紧迫感和使命感。任务落实，行动迅速，措施及时，成效凸显。各关键环节工作人员，通过在线切磋、交流互动，催生佳作，立德树人，汇聚起同心抗疫、推进设计创作健康发展的力量。在抗疫的艰难时刻，"心相系"公众号几乎每日推送一期，共有72期近千件设计抗疫作品被中宣部"学习强国"等平台推送，开展了高效多元的信息互动，为后疫情时代设计学科建设提供了借鉴，也为设计服务社会、以德育人进行了有意义的探索。

5. 团队构建了征编组网络协调人、群管理者、评估专家等分工协作、顶层设计明确的运行模式，形成了以"学习强国、官方媒体、学术期刊、各校官网、优秀自媒体"为渠道的传播矩阵，以参与院校为支撑，三审、两编、一推送的机制，以及规律性推送、话题讨论、分享评价等形式，构筑了主线鲜明、互信共识、符合用户使用习惯、求真务实的网络平台，为设计学人开辟了贡献个人才干的通道，激发了抗疫新人创作的热情。"心相系"公众号成为当时服务健康中国设计抗疫"在岗不在编的宣传队"。从讲好中国故事、传播中国声音、阐发中国精神的层面来说，歌颂了社会主义制度的优势和人民和衷共济、成果共享的特色。国内外民众也通过这些设计抗疫作品，增进了对疫情防控的认识与了解。

新时代正激励着设计人为实现"两个一百年"的伟大奋斗目标，谱写众志成城、勇创人类美好未来的壮丽篇章。中国已在风浪之中顶天立地。走向成功的中国方案，正在传递中国健康发展的理念，闪耀着中华民族自强不息、勇于担当的大爱之光。

《心心相系 共克时艰——同心抗疫设计作品选》的出版，是设计抗疫征程的历史性记录。我们由衷地感谢大家，感谢本书编委会与北京大学出版社各位编辑的辛勤付出。我们希望通过本书的出版，进一步探讨设计如何应对未来的不确定性问题，促进设计教育为健康可持续发展的未来服务，探索新的范式，贡献设计学人的智慧与力量。

COVID-19疫情危机凸显了当今世界文明的脆弱性、不确定性……这是过去三五千年从未遇到过的,势必影响人为世界的认知维度和设计范式。目前虽是人类史上物质文明的最好时期,但供人类以现在生存发展水平的体系结构过于复杂,一旦体系崩溃,将无力阻挡环境破坏带来的恶果。如同做学问一样,首要的便是做有品格之人。面对全新的挑战,唯有脚踏实地寻找未知,以理性拷问自己:什么是健康的生活方式?设计人应以怎样的关乎人类命运的视角与思维直面现实生活中的问题,去促进人与自然和谐相处?设计能做什么?设计如何深入细节,找到准确的发力点?如何更好地服务于人们对高品质生活的追求?人类前所未有地意识到,面对疫情,需要同舟共济,也需要系统集成的解决方案;需要设计创造出具有应对突发事件功能的新空间、新系统;让创意助力人类福祉的构建。现在,设计创新的潜力远未释放,我们的设计教育需要积极应对,从人文走向中发现传承与现实的连接,透过生态环境的秩序审视、反思人类的生存与发展,阐释设计、定义设计;从可持续发展的角度,探索万物互联时代设计师全新的角色、职责、使命、方法,促进更广领域、更深层次的学科交叉融合,重构人类与环境关联的未来。

设计创新永远是关注人类生活急需、解决国家急迫问题、追求美好未来的发展动力。唯有以理性的态度,思考我们这片星空,辩证认识和把握大势,强化健康设计的战略性、系统性、前瞻性研究,以扎实的工作成效应对社会需求,规避风险,化解问题,"突破"制约,方能实现人类可持续发展的梦想。

中国创新设计产业战略联盟设计教育工作委员会
武汉理工大学艺术与设计学院名誉院长、教授
2020 年 08 月 25 日

目录

011 —— 视觉传达设计 —— VISUAL COMMUNICATION DESIGN

125 —— 产品设计 —— PRODUCT DESIGN

215 —— 环境设计 —— ENVIRONMENT DESIGN

241 —— 信息艺术设计 —— INFORMATION ART DESIGN

255 —— 服装设计 —— COSTUME DESIGN

273 —— 其他 —— OTHER

286 —— 作品图录 —— CATALOGUE OF WORKS

290 —— 后记 —— POSTSCRIPT

视觉传达设计

VISUAL
COMMUNICATION
DESIGN

海报设计
信息图表设计
插画设计
包装设计

作品名称：不朽丰碑
作者：郭线庐、邓强、吴林桦
作者单位：西安美术学院

作品名称： 众志成城　共克时艰
作者： 郭振山、贺子源
作者单位： 天津美术学院

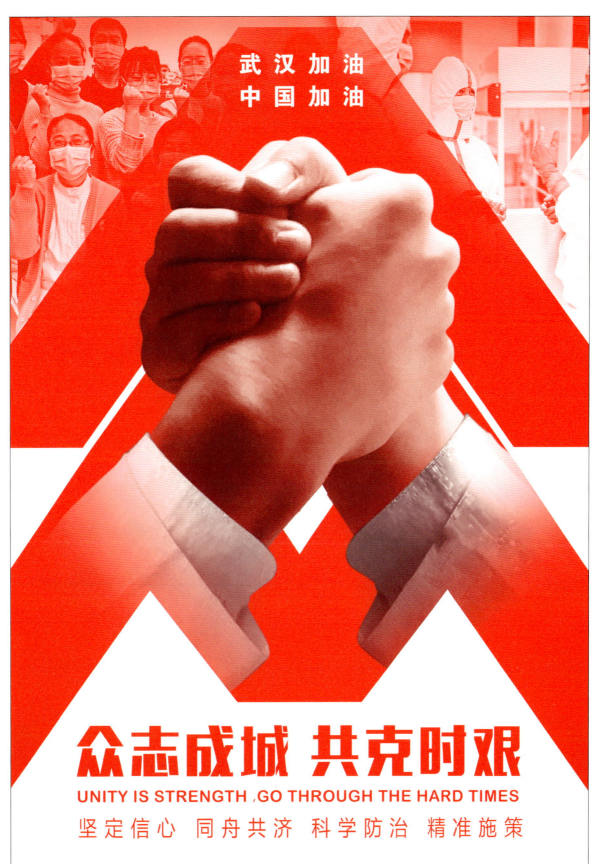

作品名称："心相系·克时艰"标志设计
作者： 鲁晓波、陈楠
作者单位： 清华大学美术学院

心相系·克时艰
Heart-to-heart
Overcome Difficulties

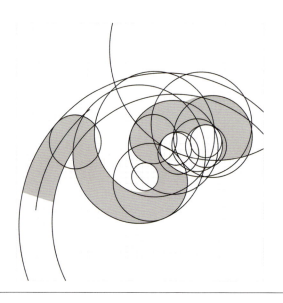

作品名称： 同心　协力　安好　去疾
作者： 陈楠
作者单位： 清华大学美术学院

作品名称: 异域可为通
作者: 陈楠
作者单位: 清华大学美术学院

作品名称： 疫魔终将被消没！
作者： 纪玉洁
作者单位： 中央美术学院设计学院

作品名称：星辰在线
作者：李劲堃
作者单位：广州美术学院

作品名称：大爱·武汉
作者：李中扬、胡莹莹、李僮
作者单位：首都师范大学

作品名称: 万众一心——心系武汉、心系湖北、心系中国
作者: 周成宝、吴永德
作者单位: 中国艺术研究院、同济大学

作品名称：一起面对 共同战"疫"
作者：毕学锋
作者单位：中国美术学院

作品名称： 强信心 暖人心 聚民心
作者： 赵璐
作者单位： 鲁迅美术学院

作品名称： 携手抗疫　中国必胜
作者： 李煌
作者单位： 北京服装学院艺术设计学院

作品名称： 战疫——致敬逆行者
作者： 覃勉
作者单位： 武汉理工大学

作品名称： 同舟共济，共抗疫情
作者： 李孟贾
作者单位： 东北大学

作品名称： 命运共同
作者： 魏翔宇、李师麒、纪菁菁、杨宇航、范鑫
作者单位： 天津美术学院

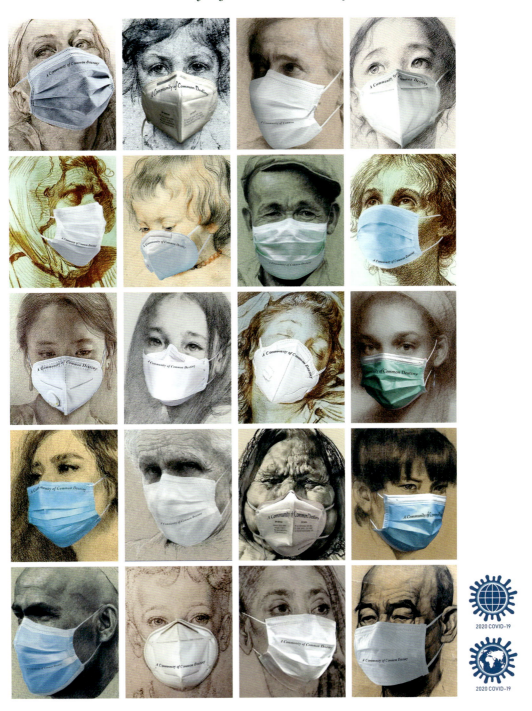

作品名称： 团结一致，共同抗疫
作者： 陈放
作者单位： 哈尔滨工业大学（深圳）

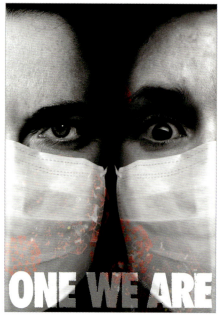  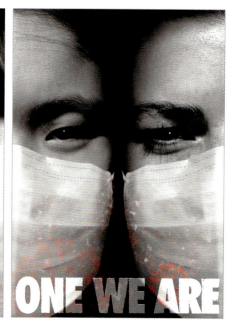

作品名称： 共同战"疫"
作者： 徐力
作者单位： 四川美术学院

作品名称： 新门神
作者： 左译友
作者单位： 清华大学美术学院

作品名称： 众人
作者： 黄瑾钰
指导老师： 郭湘黔
作者单位： 广州美术学院

作品名称： 我们一直都在
作者： 朱艺彤
作者单位： 清华大学美术学院

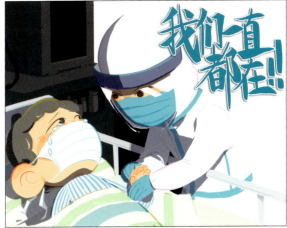

作品名称: 武汉记忆
作者: 潘长学、张璜
作者单位: 武汉理工大学

作品名称：同呼吸 共命运
作者：成朝晖
作者单位：中国美术学院

作品名称： 同呼吸 共命运
作者： 张子轩
作者单位： 吉林艺术学院

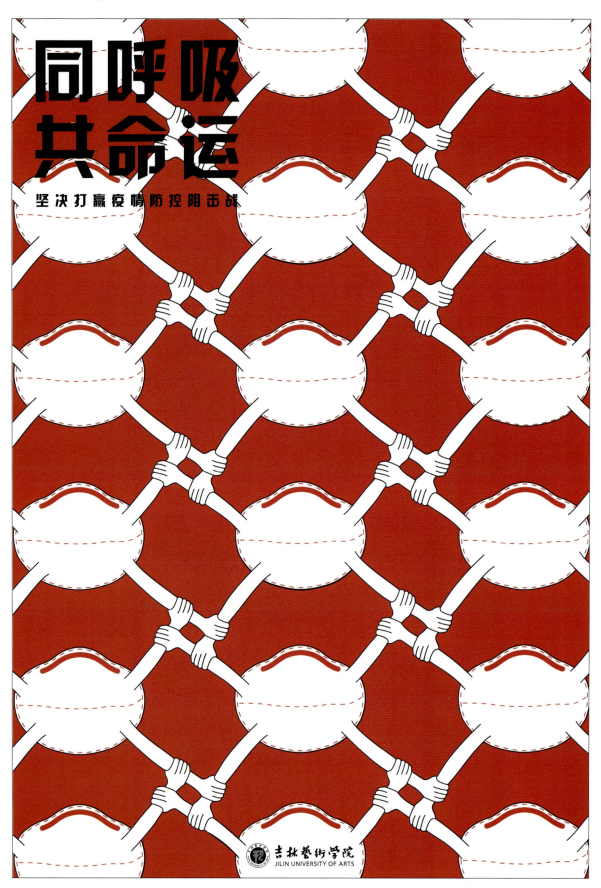

作品名称： 战疫
作者： 徐悦涵
作者单位： 中央美术学院设计学院

作品名称: 隔离病毒 不隔离爱
作者: 李杨帆
作者单位: 清华大学美术学院

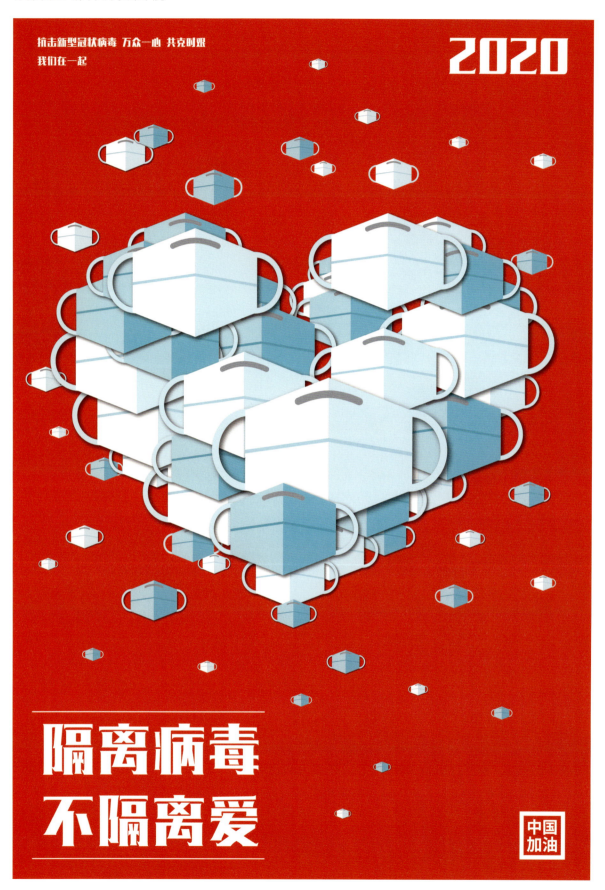

作品名称：重点工作
作者：吴浩宇
指导老师：曾敏、晏莉、沈巾力、陈勇
作者单位：四川美术学院

作品名称：重要原则
作者：王勤
指导老师：陈勇、曾敏、沈巾力、晏莉
作者单位：四川美术学院

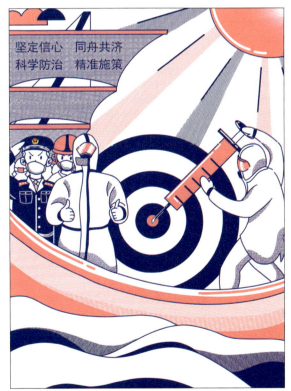

作品名称：总体要求
作者：黄扬章
指导老师：陈勇、曾敏、沈巾力、晏莉
作者单位：四川美术学院

作品名称：策略方法
作者：沈巾力、杨航
指导老师：沈巾力、晏莉
作者单位：四川美术学院

作品名称：防疫小卫士
作者：张凯丽、杨楠
作者单位：山东工艺美术学院

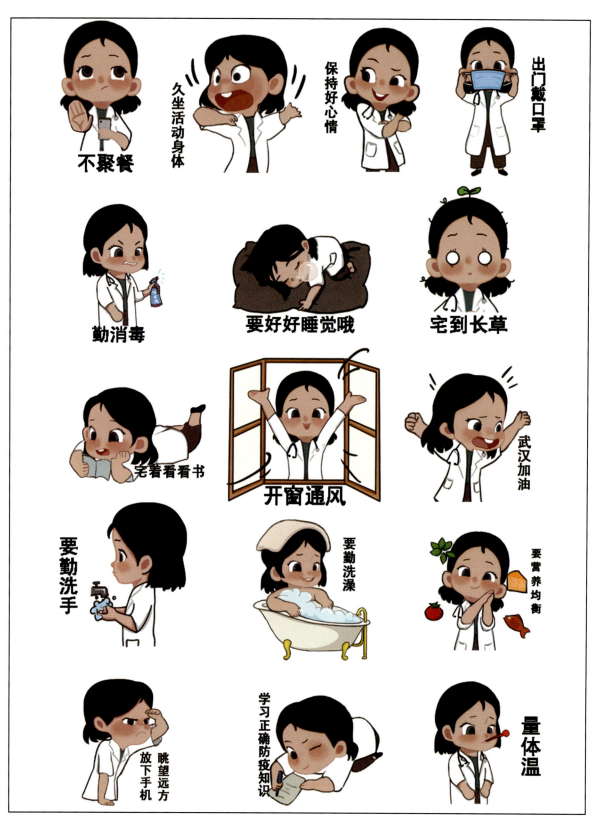

作品名称： 武汉加油！中国加油！
作者： 吴婕
作者单位： 鲁迅美术学院

作品名称：医者担当　护佑健康
作者：许新语
作者单位：天津美术学院

作品名称：中华共筑　雷火速度
作者：许新语
作者单位：天津美术学院

作品名称：军民合力　打赢战疫
作者：许新语
作者单位：天津美术学院

作品名称：物流不断　雪中送炭
作者：许新语
作者单位：天津美术学院

作品名称: 若有疫 召必战 战必胜!
作者: 蒋松儒
作者单位: 天津美术学院

作品名称： 保家卫国
作者： 张大鲁
作者单位： 苏州大学

作品名称： 生命重于泰山
作者： 潘鲁生
作者单位： 山东工艺美术学院

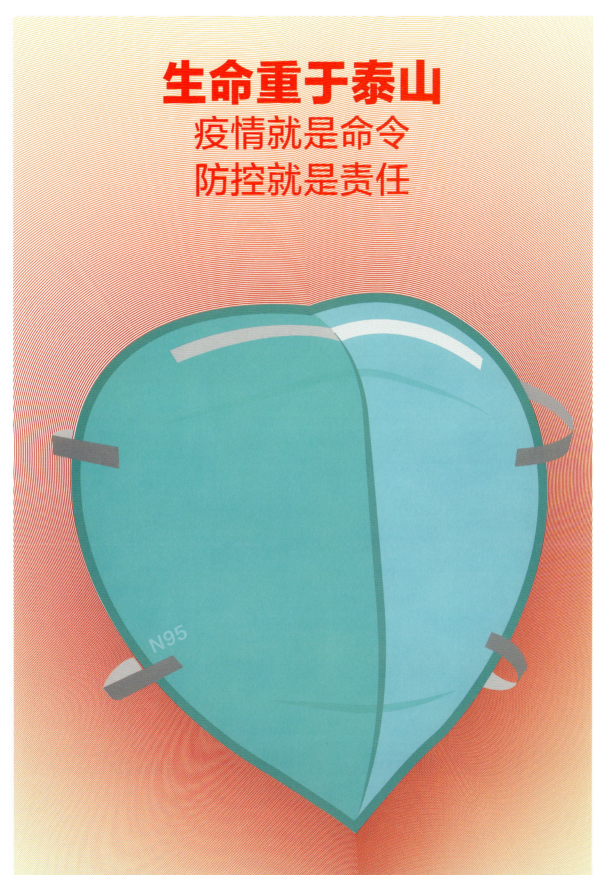

作品名称： 万众一心 众志成城
作者： 郭线庐、邓强、吴林桦
作者单位： 西安美术学院

作品名称: 2020 健康守护神
作者: 陈默
作者单位: 清华大学美术学院

作品名称: 众志成城
作者: 杨晋
作者单位: 清华大学美术学院

作品名称：山河无恙　人间皆安
作者：单筱秋
作者单位：南京艺术学院

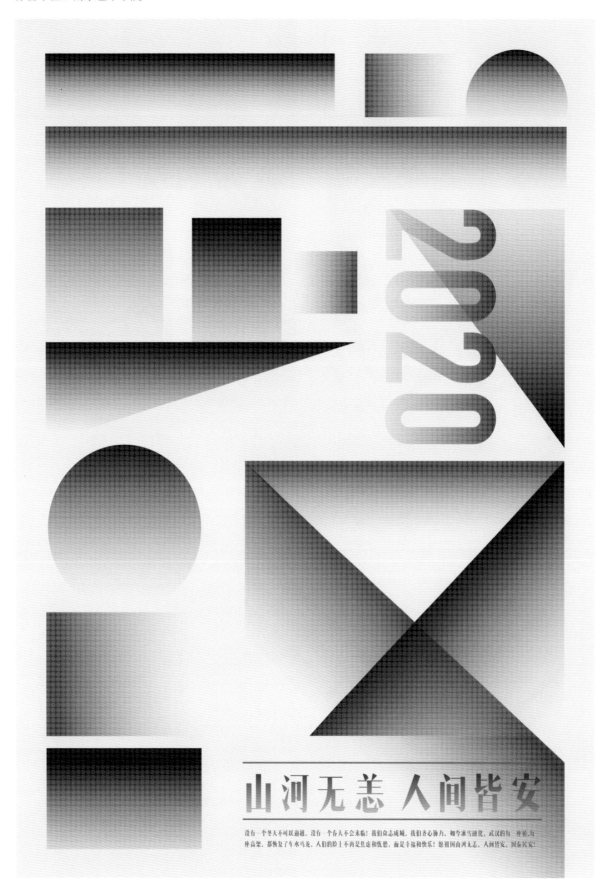

作品名称: UNITY！
作者: 吴炜晨
作者单位: 中国美术学院

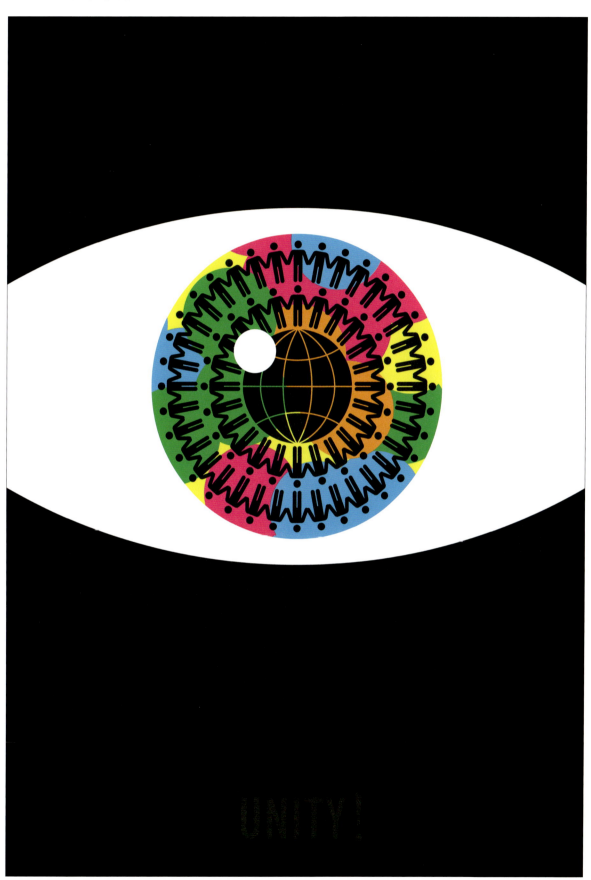

作品名称：众志成城　抗击疫情　武汉加油
作者：李中扬、胡莹莹、李僮
作者单位：首都师范大学、武昌理工学院

作品名称：同舟共济扬帆起　乘风破浪万里航
作者：蒋松儒
作者单位：天津美术学院

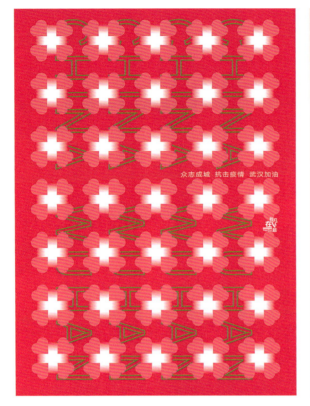
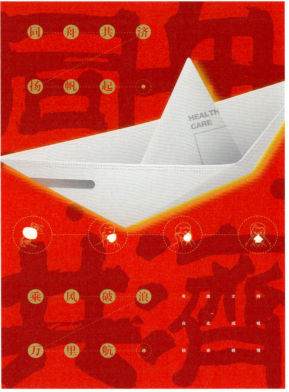

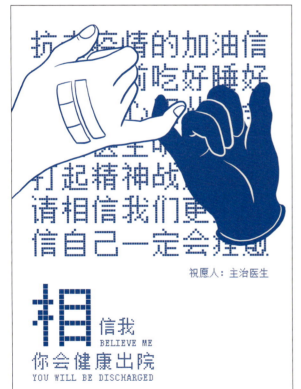

作品名称：拉钩
作者：别一飞
作者单位：武汉理工大学

作品名称： 曙光逆行者
作者： 李庆鹏
指导老师： 吴新
作者单位： 燕山大学

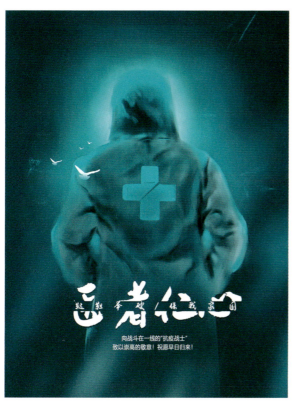

作品名称： 战疫情　我们在一起
作者： 李海平
作者单位： 湖北美术学院

作品名称：英雄
作者：陈汗青、毛昕
作者单位：武汉理工大学、景德镇陶瓷大学

作品名称： 传染病的综合防治
作者： 王珹玏
指导老师： 贺贝若
作者单位： 武汉纺织大学伯明翰时尚创意学院

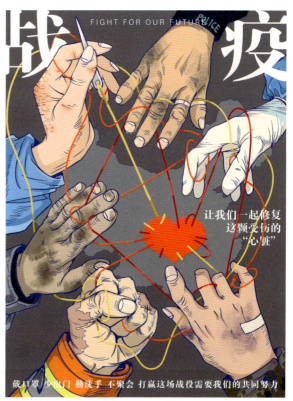

作品名称： 让我们一起修复这颗受伤的"心脏"
作者： 陶雨筱
作者单位： 江南大学

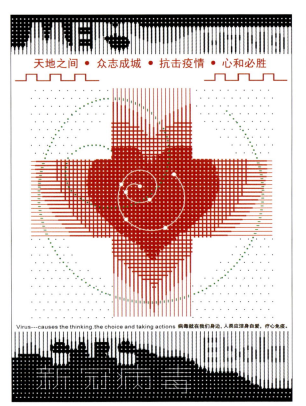

作品名称： 天地之间·众志成城·抗击疫情·心和必胜
作者： 郭津生
作者单位： 天津美术学院

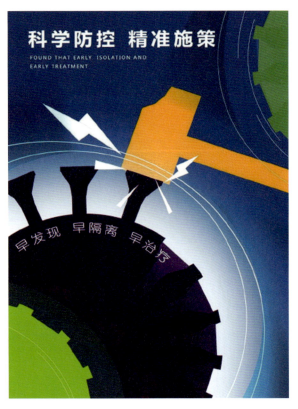

作品名称： 科学防控　精准施策
作者： 赵继荣
作者单位： 兰州文理学院

作品名称：除瘟战疫 1
作者：王鹭、张大鲁
作者单位：苏州大学

作品名称：除瘟战疫 2
作者：王鹭、张大鲁
作者单位：苏州大学

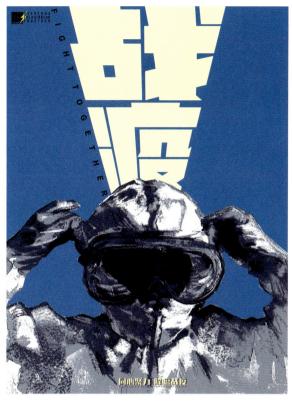

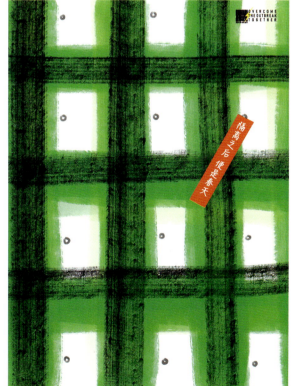

作品名称：抗疫千万条　口罩第一条
作者：高山、向瑜
作者单位：天津美术学院

作品名称：隔离之后　便是春天
作者：李芳
作者单位：苏州大学

作品名称：疫情科普
作者：宋成龙
作者单位：山东工艺美术学院

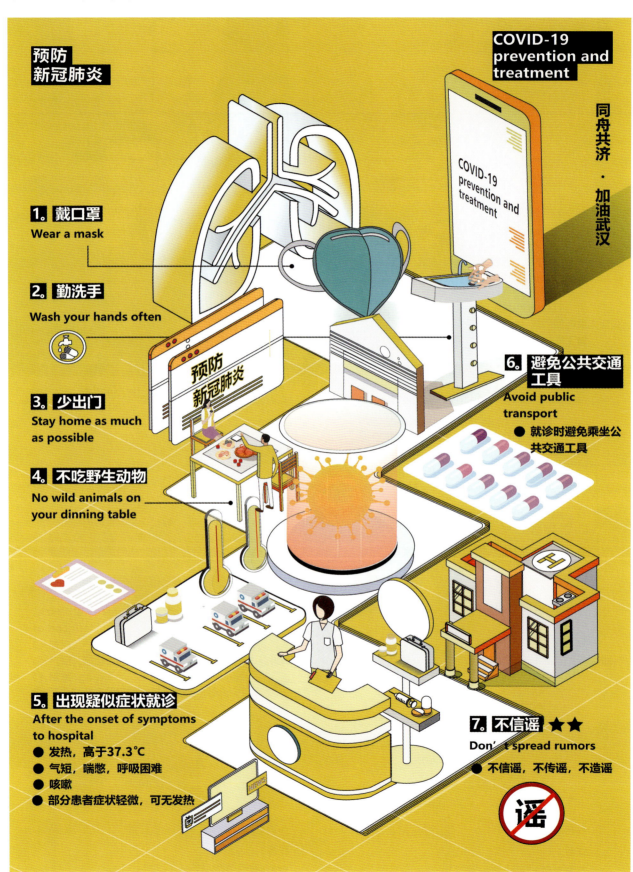

作品名称：武汉加油1
作者：张磊
作者单位：苏州大学

作品名称：武汉加油2
作者：张磊
作者单位：苏州大学

作品名称：自我隔离
作者：柳思缘
作者单位：中央美术学院设计学院

作品名称：隔离病毒　不隔爱
作者：杨嘉玉
指导老师：郭昱峰
作者单位：吉林艺术学院

作品名称：共同战"疫"
作者：诸靖雯
作者单位：南京艺术学院

作品名称：守护者
作者：杨濡豪
作者单位：山东工艺美术学院

作品名称：坚定信心　同舟共济
作者：赵璐、刘放、黄林
作者单位：鲁迅美术学院

作品名称：战疫
作者：徐汀
作者单位：云南艺术学院设计学院

作品名称：2020 武汉加油
作者：陈洁
作者单位：南京艺术学院

作品名称：勇战疫情
作者：张宇娜
作者单位：南京艺术学院

作品名称：战——致逆行者
作者：李子莹
作者单位：云南大学艺术与设计学院

作品名称：同心战疫　共克时艰
作者：王华琳
作者单位：广西艺术学院

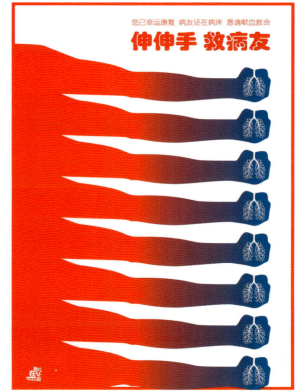

作品名称：新时代最可爱的人
作者：赵奇
作者单位：首都师范大学

作品名称：伸伸手　救病友
作者：谢崇桥
作者单位：首都师范大学

作品名称：携手世界，否极"泰"来
作者：周珊珊、汪元磊
指导老师：阮超
作者单位：浙江理工大学

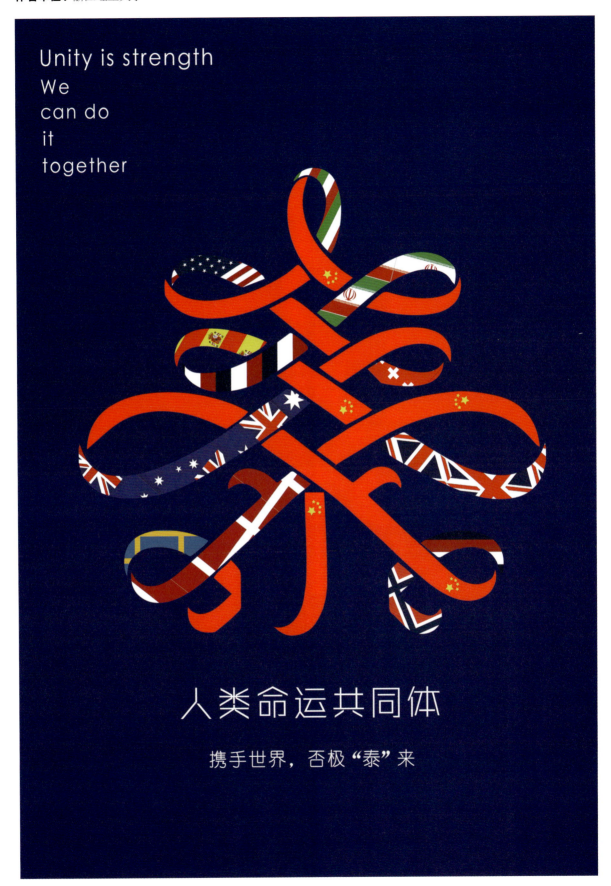

作品名称： 团结奋战 筑守家园
作者： 徐海翔
作者单位： 西北民族大学

作品名称：英雄之城，武汉疫没！
作者：曹向晖、彭璐、范盈莹
作者单位：北京服装学院艺术设计学院

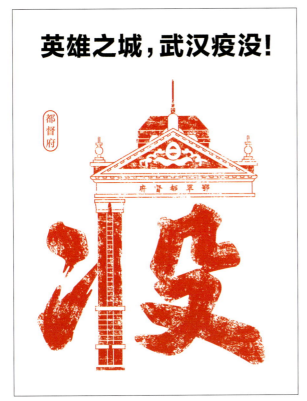
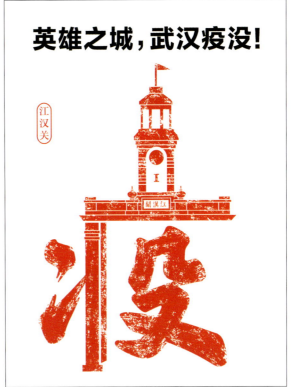
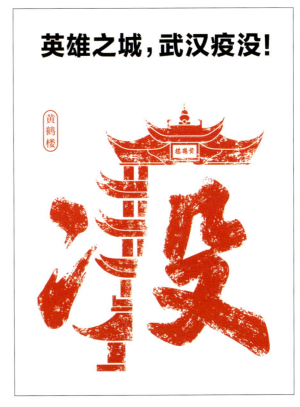

作品名称：个人防护
作者：黄扬章
作者单位：四川美术学院

作品名称：家园卫士
作者：柒万里
作者单位：广西艺术学院

作品名称：积极防疫　无须恐慌
作者：蒲佳
作者单位：西北民族大学

作品名称：弃疾　去病
作者：郭晓晔、谭贵
作者单位：北京服装学院艺术设计学院

视觉传达设计

作品名称： 亲爱的陌生人们，你们辛苦了
作者： 王宇蒙
作者单位： 东北大学

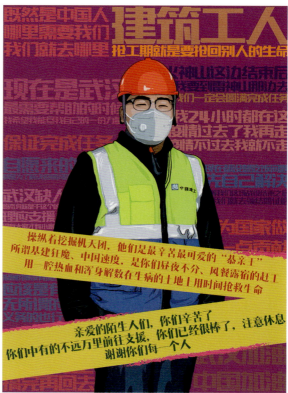

作品名称: 抗疫生肖
作者: 刘思岢
作者单位: 湖北工业大学

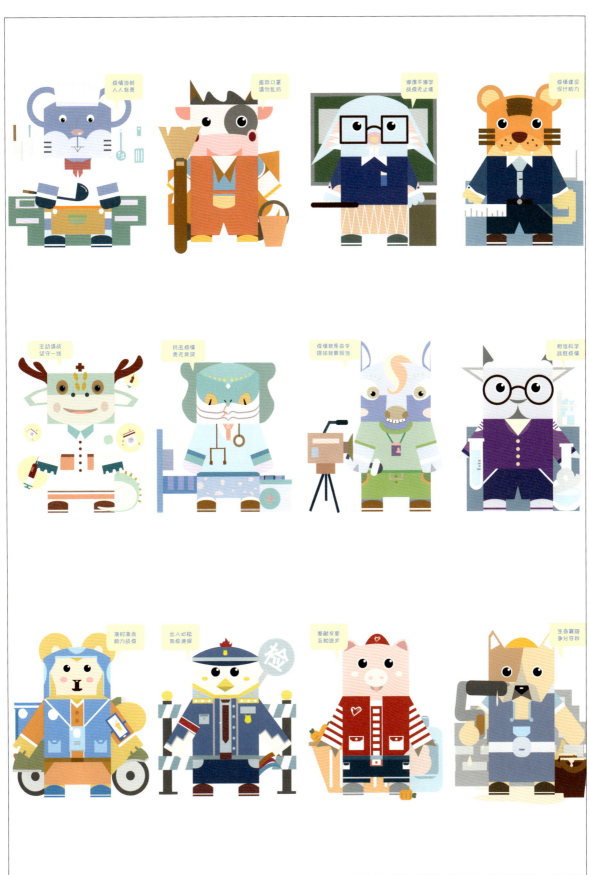

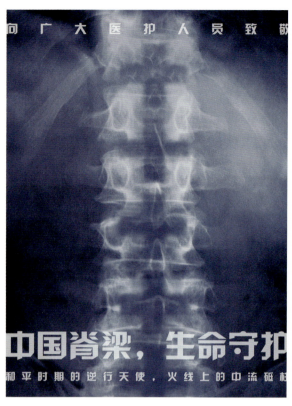

作品名称：中国脊梁，生命守护
作者：钱磊、赵悦
作者单位：广州美术学院

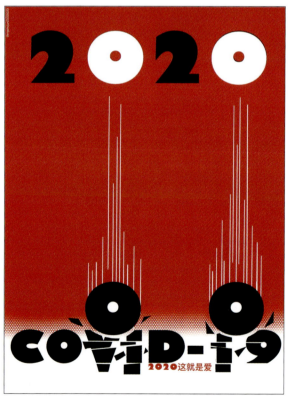

作品名称：2020 这就是爱
作者：邓淑君
作者单位：东北师范大学美术学院

作品名称：英雄凯旋，欢迎回家！
作者：刘凯
指导老师：张晓东
作者单位：北京印刷学院

作品名称：全球公敌
作者：饶鉴
作者单位：湖北工业大学

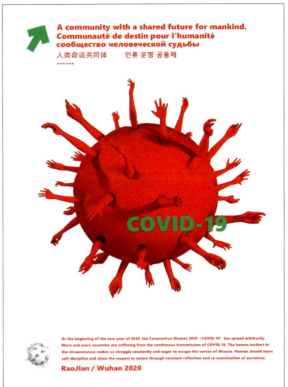

作品名称：抗疫前线人员1
作者：刘丛惠
作者单位：湖北工业大学

作品名称：抗疫前线人员2
作者：刘丛惠
作者单位：湖北工业大学

作品名称：武汉加油
作者：李鑫
作者单位：湖北美术学院

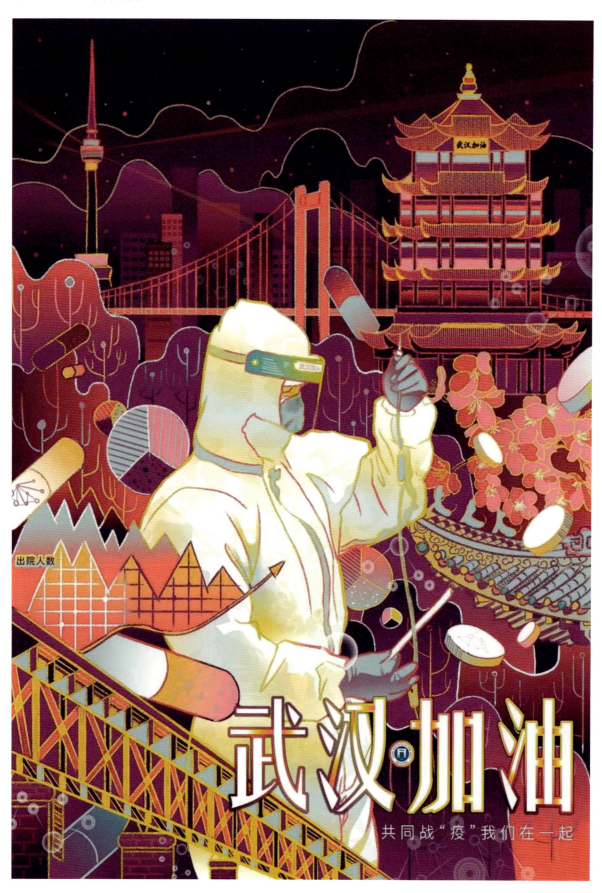

作品名称：待春来
作者：李鑫
作者单位：湖北美术学院

作品名称：静待春日
作者：侯嘉祺
作者单位：湖北美术学院

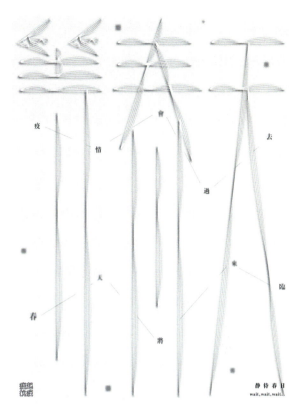

作品名称：全民战疫
作者：邓向萍
作者单位：湖北美术学院

作品名称：大山
作者：孙婷
作者单位：湖北美术学院

作品名称：最美的背影
作者：李锐、卢善芬
作者单位：江西师范大学美术学院

作品名称：钟南山说
作者：饶乐
作者单位：江西师范大学美术学院

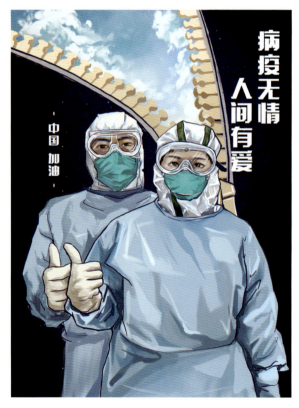

作品名称：战疫一线
作者：李心言
作者单位：浙江大学

作品名称：谣言亦是病毒
作者：王炳文
作者单位：郑州轻工业大学

作品名称： 这个冬天也很温暖
作者： 林明娇
指导老师： 徐育忠
作者单位： 浙江工业大学

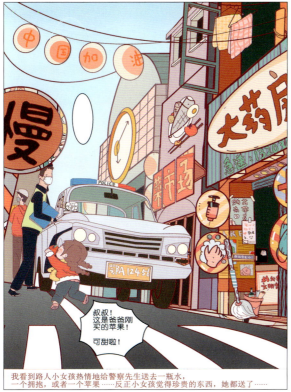

作品名称：同呼吸 共命运
作者：王浩楠
作者单位：北京理工大学设计与艺术学院

作品名称： I Believe 爱不离
作者： 何雨璐、朱慧子、王威
指导老师： 王军
作者单位： 武汉理工大学

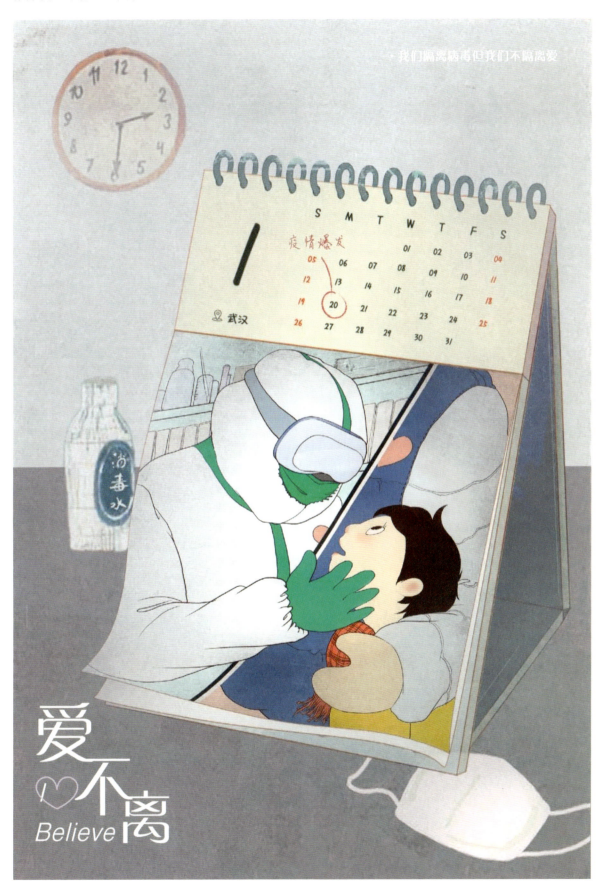

作品名称：英雄凯旋
作者：刘梅、赵一然
指导老师：王军
作者单位：武汉理工大学

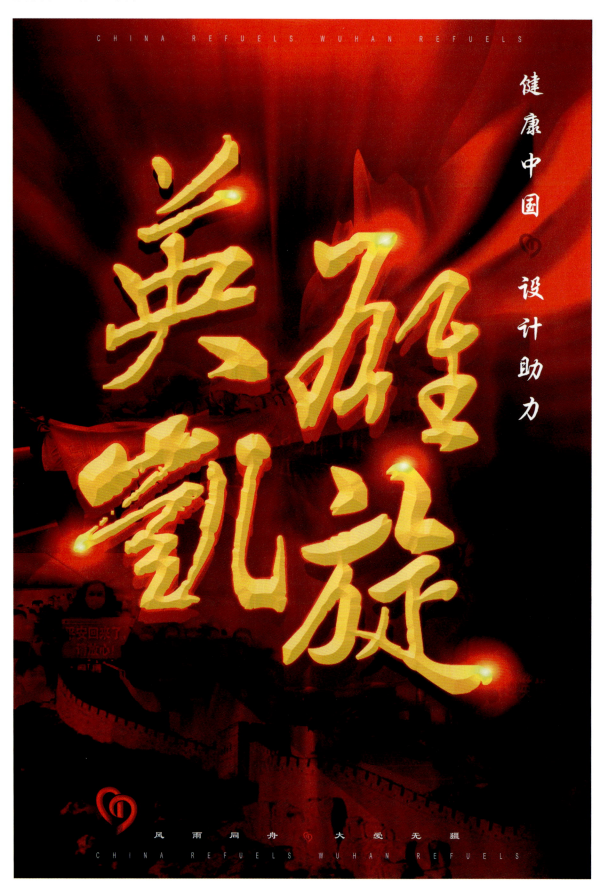

作品名称：人与大自然
作者：关洪
作者单位：湖北工业大学

作品名称： 致敬所有逆行者
作者： 鲁月
指导老师： 胡坚、赵伟楠
作者单位： 浙江理工大学

作品名称： 净听
作者： 姜明会
作者单位： 上海戏剧学院舞台美术系

作品名称：终于等到你回来
作者：王近苏
作者单位：北京化工大学

作品名称：奉献
作者：曹雯钧、陈钧
作者单位：云南艺术学院设计学院

作品名称：众志成城　疫起向前
作者：李嘉欣
指导老师：刘璟
作者单位：天津财经大学

作品名称：全面复工
作者：李僮
作者单位：首都师范大学

作品名称： 武汉重启 樱花盛开
作者： 张文蔚
作者单位： 山东艺术学院

作品名称： 胜利在望
作者： 曹汝平
作者单位： 上海工程技术大学

作品名称： 冬已尽　春可期
作者： 李宛倩
指导老师： 袁彦
作者单位： 天津工艺美术职业学院

作品名称：重拳出击
作者：李歆
指导老师：王龙
作者单位：武汉理工大学

作品名称：我们都是一家人系列1
作者：刘雪楠
指导老师：董馥伊
作者单位：新疆师范大学

作品名称：我们都是一家人系列2
作者：刘雪楠
指导老师：董馥伊
作者单位：新疆师范大学

作品名称：我们都是一家人系列3
作者：刘雪楠
指导老师：董馥伊
作者单位：新疆师范大学

作品名称： 武汉"特效药"
作者： 李紫萱、李雨珂、牛娜青
作者单位： 长沙理工大学

作品名称： 疫宅到底
作者： 袁庆妍
指导老师： 韦唯
作者单位： 武汉轻工大学

作品名称： 宅家云生活
作者： 贾慧慧
指导老师： 韦唯
作者单位： 武汉轻工大学

作品名称：逆行者
作者：林悦
指导老师：秦媛媛
作者单位：华南农业大学

作品名称：剪发战疫
作者：方柳茹
指导老师：王小玉
作者单位：华南农业大学

作品名称：与你同在（条漫）系列1
作者：陈晗
指导老师：涂先智
作者单位：华南农业大学

作品名称：与你同在（条漫）系列2
作者：陈晗
指导老师：涂先智
作者单位：华南农业大学

作品名称： 同心战疫　共待花期
作者： 裴晓影
指导老师： 康帆
作者单位： 武汉轻工大学

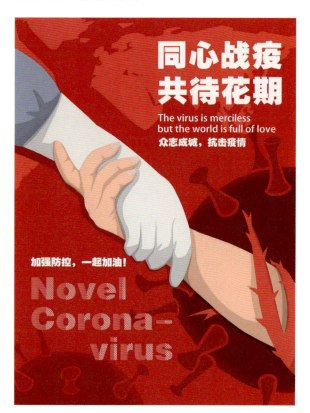

作品名称： Spring Has Coming
作者： 彭军
作者单位： 武汉轻工大学

作品名称："心相系"公众号标志设计
作者： 陈昕
作者单位： 深圳大学

作品名称：隔离病毒 但不隔离爱
作者：刘进
作者单位：景德镇陶瓷大学

作品名称：逆行者无畏
作者：林蕾
作者单位：景德镇陶瓷大学

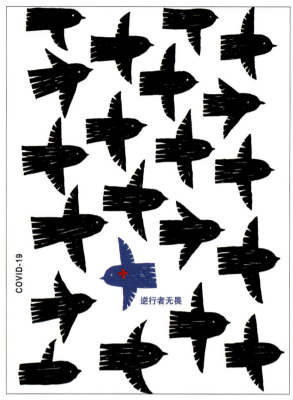

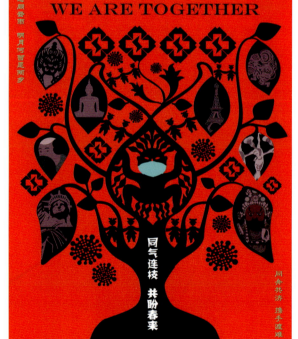

作品名称：守护
作者：赵秀华
作者单位：广东第二师范学院

作品名称：同呼吸，共命运
作者：郭俊宁
作者单位：兰州文理学院

作品名称：我们必胜——李兰娟院士
作者：冯玉婷
作者单位：中国地质大学（武汉）

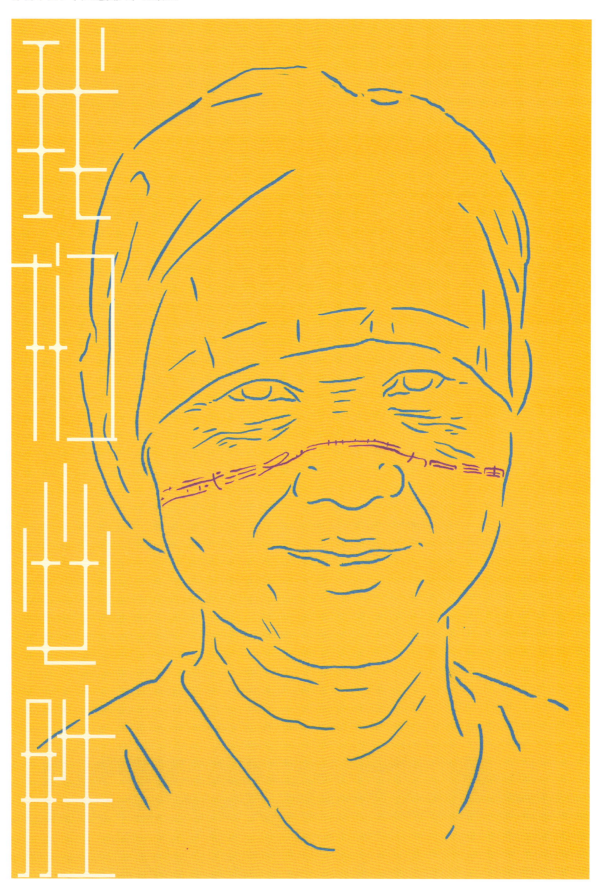

作品名称： 致敬，逆行者！
作者： 陈烈胜
作者单位： 上海工程技术大学

作品名称： 凡人日历
作者： 张凯
指导老师： 黄志雄
作者单位： 福州大学

作品名称： 人民英雄　历史永记
作者： 宋奕勤
作者单位： 武汉工程大学

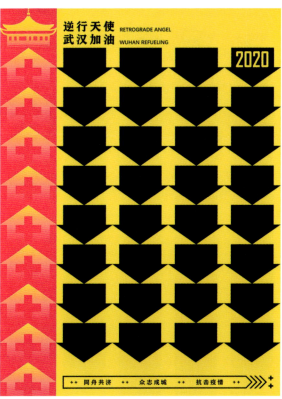

作品名称： 逆行天使　武汉加油
作者： 李光安
作者单位： 上海工程技术大学

作品名称： 守护百姓　抗击疫情1
作者： 任绍阳、赵玺、玄家琦
作者单位： 重庆大学

作品名称： 守护百姓　抗击疫情2
作者： 任绍阳、赵玺、玄家琦
作者单位： 重庆大学

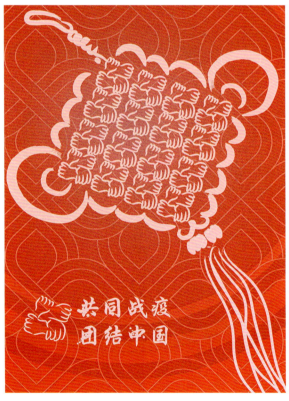

作品名称： 共同战疫　团结中国
作者： 方青泉
作者单位： 宁波大学

作品名称： 战疫
作者： 王源徽
作者单位： 中国传媒大学

作品名称：户外防疫"四部曲"
作者：郝梦晗
作者单位：北京林业大学

作品名称：共抗疫情
作者：赵瑞烜
作者单位：河南工业大学

作品名称：战疫
作者：郭倩融
作者单位：河南工业大学

作品名称：同心为武汉，齐力共战疫
作者：徐帆
作者单位：中南林业科技大学

作品名称：防疫1
作者：乔晓伟
指导老师：赵晗、曹阳
作者单位：中南林业科技大学

作品名称：防疫2
作者：乔晓伟
指导老师：赵晗、曹阳
作者单位：中南林业科技大学

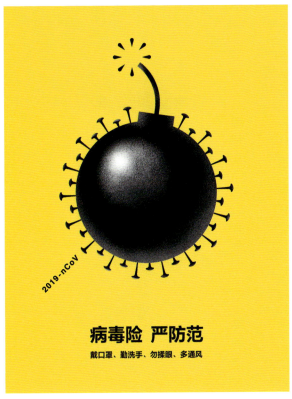

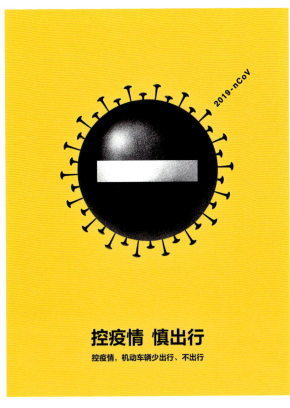

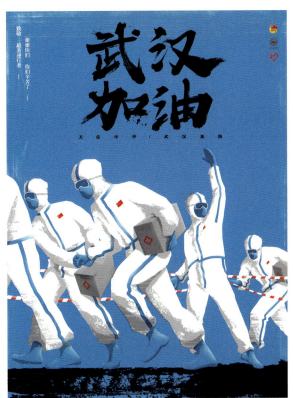

作品名称：防疫3
作者：乔晓伟
作者单位：中南林业科技大学

作品名称：武汉加油
作者：李俊锋
作者单位：广州美术学院

作品名称：呼吸·共生
作者：张焱
指导老师：邓淑君
作者单位：东北师范大学美术学院

作品名称：请对野味说不
作者：邓淑君
作者单位：东北师范大学美术学院

作品名称：赢病毒
作者：陆子璇
作者单位：广州美术学院

作品名称：拼
作者：薛雅琴
作者单位：广州美术学

作品名称： 抗疫——钟南山
作者： 旦曲
作者单位： 西藏大学

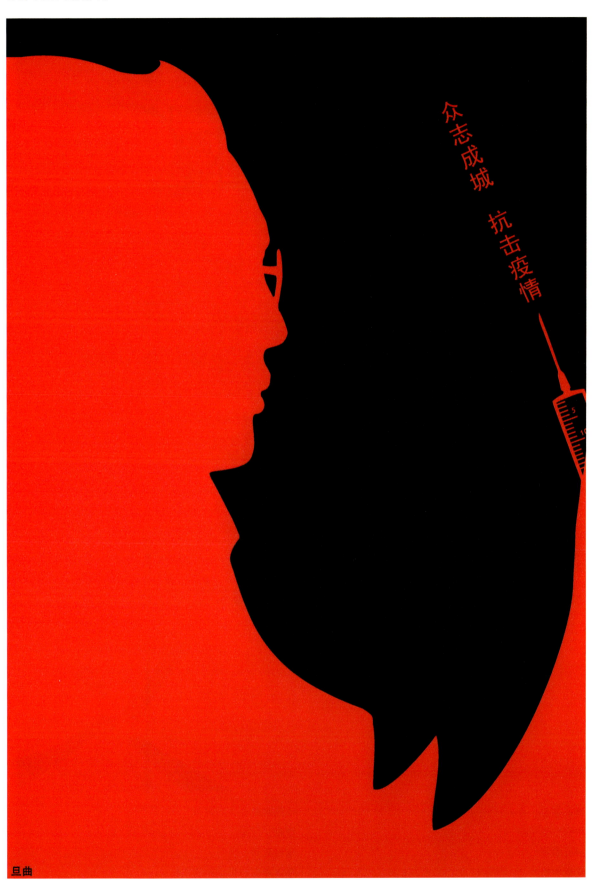

旦曲　抗疫——钟南山
作者：旦曲
作者单位：西藏大学

作品名称：樱花盛开，待你归来
作者：李盼明
作者单位：兰州文理学院

作品名称："战疫"
作者：张远航
作者单位：重庆大学

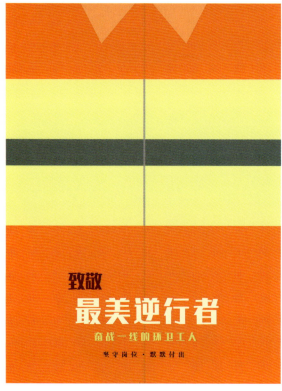

作品名称：致敬最美逆行者
作者：胡月盈
指导老师：邢宏亮
作者单位：沈阳航空航天大学

作品名称：共同抗疫
作者：于婧
指导老师：吴静
作者单位：华北理工大学

作品名称： 防疫手册1
作者： 黄子芩
作者单位： 北京林业大学

作品名称： 防疫手册 2
作者： 黄子芩
作者单位： 北京林业大学

作品名称：不一样的中国年
作者：魏怡文
作者单位：上海交通大学

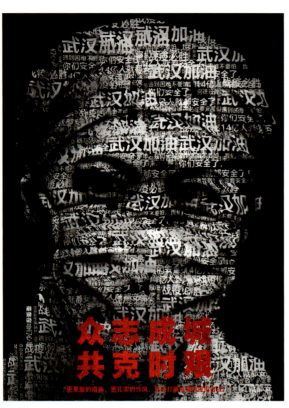

作品名称： 众志成城　共克时艰
作者： 侯虎明
指导老师： 孟坤
作者单位： 陕西科技大学

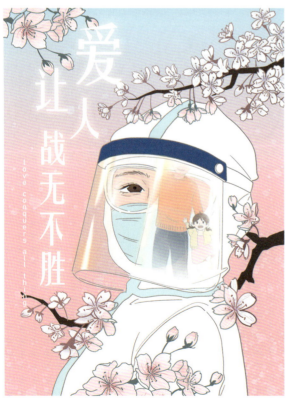

作品名称： 爱让人战无不胜
作者： 洪唯
指导老师： 王韦策
作者单位： 陕西科技大学

作品名称：加油
作者：王梦诺、任昱果、明艳
指导老师：盛卿
作者单位：北京邮电大学

作品名称：谢谢你 照亮黑暗的光
作者：张兆林
指导老师：盛卿、吕菲
作者单位：北京邮电大学

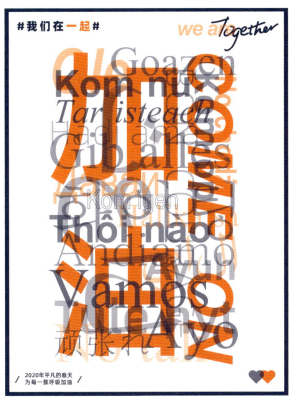

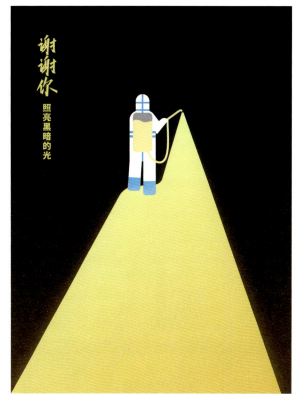

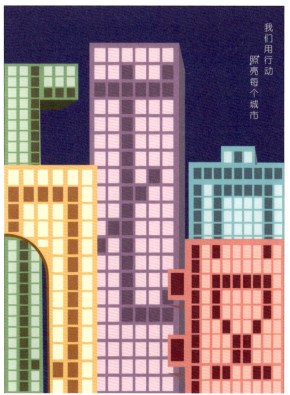

作品名称：口罩下的爱
作者：鹿雨馨
指导老师：吴静
作者单位：华北理工大学

作品名称：明亮的城市
作者：罗明月
作者单位：华北理工大学

作品名称："疫"，桥通南北
作者： 何湘云
指导老师： 宋奕勤
作者单位： 武汉工程大学

作品名称： 万众一心，共击病毒。
作者： 马凯博
作者单位： 北京化工大学

作品名称：黄历
作者：孙婕
指导老师：刘曼
作者单位：湖北大学

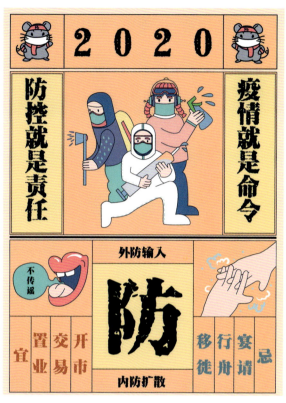
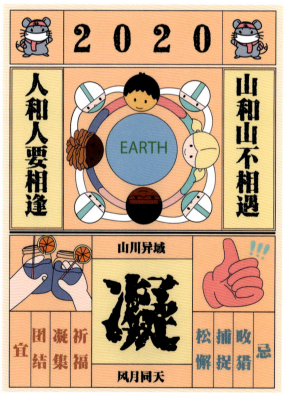

作品名称： 团"结"中国 战"疫"必胜
作者： 余佳雯
指导老师： 王利支
作者单位： 湖北大学

作品名称： 疫散新生
作者： 王纯
作者单位： 武汉设计工程学院

作品名称：为了武汉
作者：牛艺霖
作者单位：辽宁师范大学

作品名称：共同的心愿
作者：金诗琦
作者单位：辽宁师范大学

作品名称：争分夺秒　做急先锋
作者：刘鑫达
作者单位：辽宁师范大学

作品名称：宅之胜利 来之不易
作者：张慧娟
作者单位：武汉设计工程学院

作品名称：复工防疫指南
作者：高婷婷
指导老师：宋奕勤
作者单位：武汉工程大学

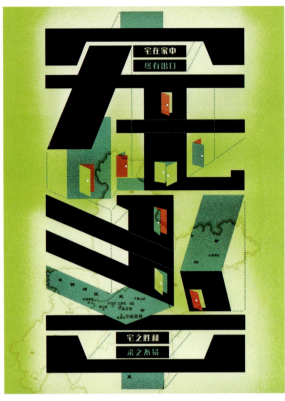
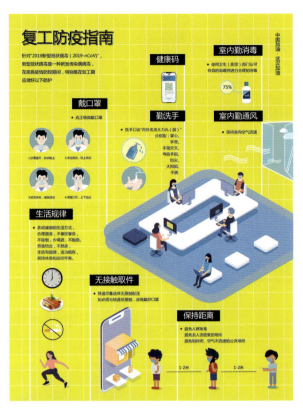

作品名称：最美的战士
作者：朱朦朦
作者单位：南京信息工程大学

作品名称：战疫
作者：赵柯淳
作者单位：南京信息工程大学

作品名称： 没能打败我们的终将使我们更强大
作者： 王子鸣
指导老师： 吕杰锋
作者单位： 武汉理工大学

作品名称： 钟进士新传
作者： 李超德
指导老师： 宗梦帆
作者单位： 福州大学

作品名称： 守护
作者： 黄功虎
作者单位： 沈阳建筑大学

作品名称： 齐心协力

作者： 唐洁

作者单位： 宁波大学

作品名称： 清"0"计划

作者： 方莉莉

作者单位： 宁波大学

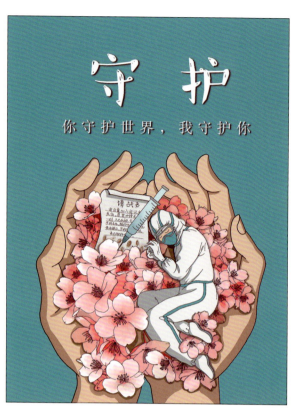
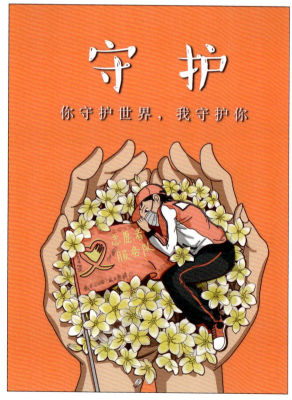

作品名称： 守护
作者： 傅紫盈、徐章汇、杨佳欣
指导老师： 宗梦帆
作者单位： 南昌师范学院

作品名称：新时代门神
作者：裴炅
作者单位：湖南理工学院

作品名称：战疫总动员
作者：王晨萌、赵子航、郭一丹
作者单位：湖南理工学院

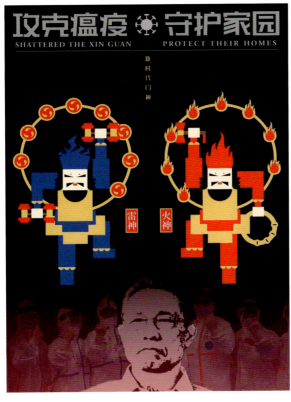

作品名称：众志成城 抗击疫情
作者：黄倩敏
作者单位：湖南理工学院

作品名称：请战武汉
作者：张涵男
作者单位：集美大学

视觉传达设计

作品名称：共战"疫"

作者：陈慧洁

作者单位：四川师范大学

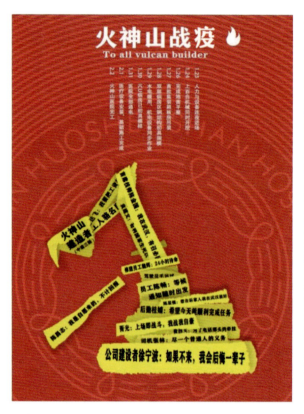
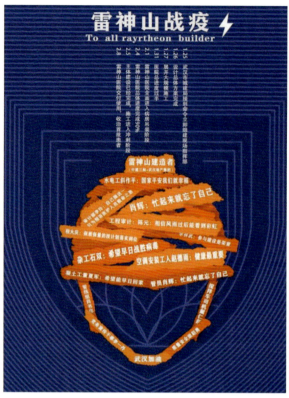

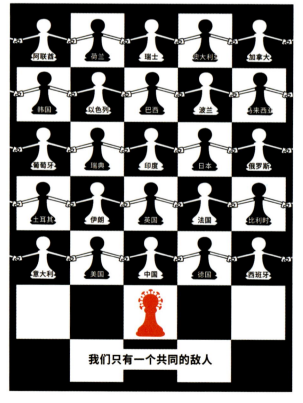

作品名称：共同的敌人

作者：胡术

作者单位：重庆交通大学

作品名称：武汉加油
作者：张嘉欣
作者单位：北京化工大学

作品名称：最美的痕迹
作者：姜慧
指导老师：周升
作者单位：南昌师范学院

作品名称：美丽依旧
作者：李临静
指导老师：高瑜
作者单位：宝鸡文理学院

作品名称：全球抗疫　命运与共
作者：赵子航、温嘉伟、郁思楠
作者单位：湖南理工学院

作品名称：万众一心　攻克疫情
作者：黄倩敏
作者单位：湖南理工学院

作品名称：阻断病毒，可防可控
作者：张思林
作者单位：四川美术学院

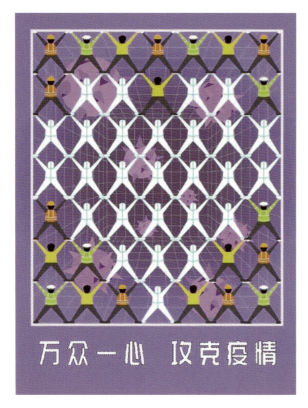

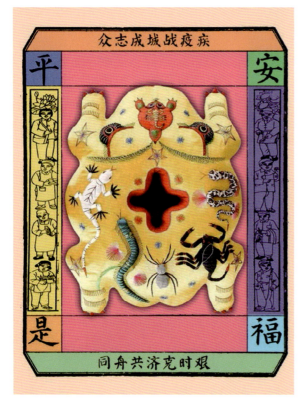

作品名称：众志成城战疫疾　同舟共济克时艰
作者：董占军
作者单位：山东工艺美术学院

作品名称：储藏系列
作者：马月楚
指导老师：董馥伊
作者单位：新疆师范大学

作品名称：灵鸡驱毒

作者：黄本亮

作者单位：盐城工学院

作品名称：瑞虎镇毒

作者：黄本亮

作者单位：盐城工学院

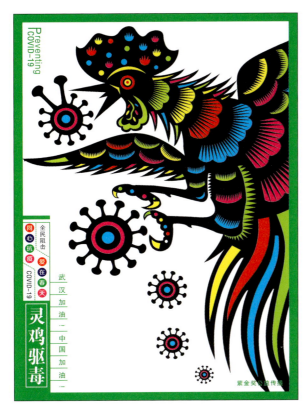

作品名称：祥蛇盘毒

作者：黄本亮

作者单位：盐城工学院

作品名称：逆光前行，因爱奔赴！

作者：吴博文、赖晓彤

指导老师：王欣

作者单位：武汉大学

作品名称：战疫情
作者：赵璐、张靖、张超
作者单位：鲁迅美术学院

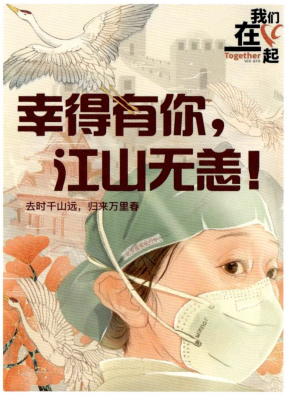

作品名称：幸得有你，江山无恙！
作者：梁紫薇
指导老师：张晓东
作者单位：北京印刷学院

作品名称：一网打尽
作者：张恺
作者单位：天津工艺美术职业学院

作品名称：地球之盐
作者：赵子航
作者单位：湖南理工学院

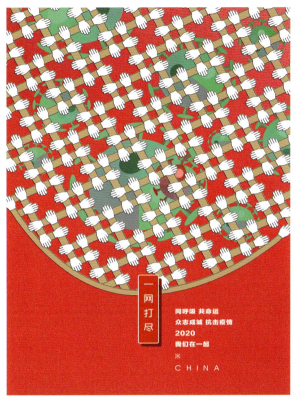

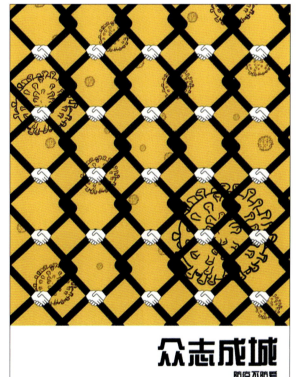

作品名称：同呼吸
作者：田伟
作者单位：天津工艺美术职业学院

作品名称：众志成城
作者：王雯芳
作者单位：武汉理工大学

作品名称： 帧集
作者： 曾紫倪、周媛、赵晨
作者单位： 武汉设计工程学院

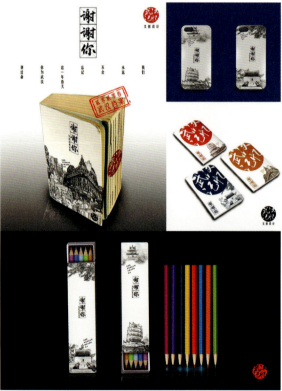

作品名称： "武汉记忆"文创设计
作者： 汤晓颖
作者单位： 广东工业大学

作品名称："4·15"全民国家安全教育日
作者：向瑜
作者单位：天津美术学院

作品名称：剪危机
作者：刘贲
作者单位：西安邮电大学

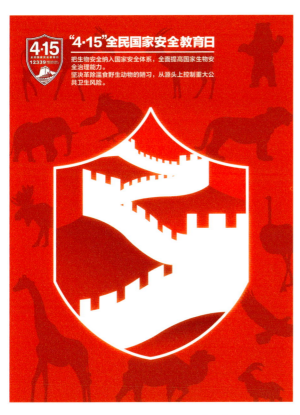

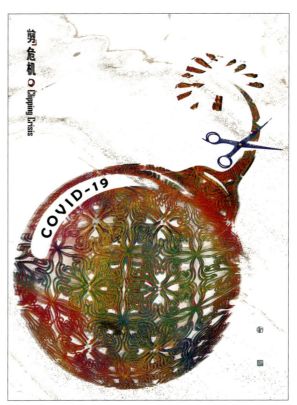

作品名称：抗击疫情
作者：李中扬、胡莹莹
作者单位：首都师范大学、武昌理工学院

作品名称：致谢英雄　欢迎回家
作者：宗雅
作者单位：山东工艺美术学院

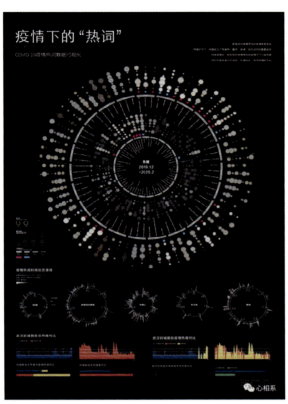

作品名称： 疫情下的"热词"
作者： 殷玲玲
作者单位： 四川美术学院

作品名称： 决胜
作者： 袁彦
作者单位： 天津工艺美术职业学院

作品名称：武汉加油系列1
作者：徐郑冰、沈娟
作者单位：武汉——字绘中国

作品名称：武汉加油系列2
作者：徐郑冰、沈娟
作者单位：武汉——字绘中国

作品名称：全力以赴 抗击疫情
作者：黄汉奇
指导老师：陈昕
作者单位：深圳大学

作品名称：聚似一团火 散如满天星
作者：刘静文
指导老师：王军
作者单位：武汉理工大学

作品图录：

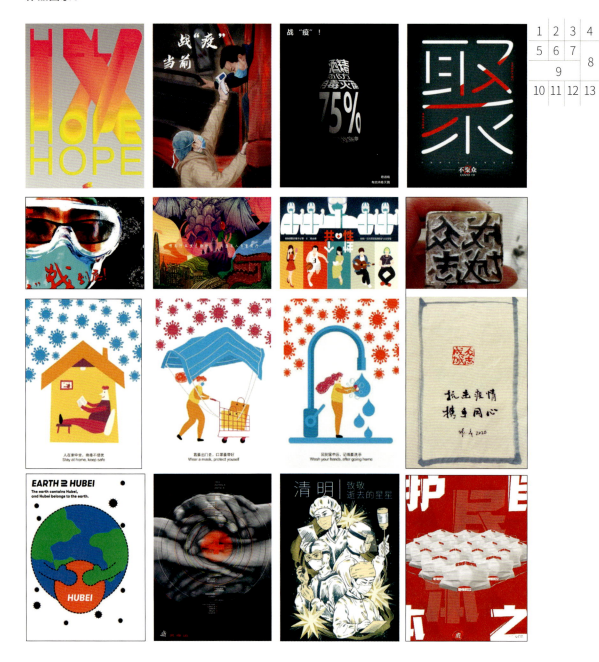

1. 从绝望到希望　黄亮　湖北工业大学
2. 战疫一线系列　李心言　浙江大学
3. 战疫系列　焦阳　广西艺术学院
4. 不聚众　袁彦　天津工艺美术职业学院
5. "疫"战到底　杜霞　郑州升达经贸管理学院
6. 哪有什么岁月静好，只因有人负重前行　季婕　上海交通大学
7. "共性"与"个性"　殷越　上海交通大学
8. 众志成城　裴晶　上海戏剧学院舞台美术系
9. 防胜于治系列　贾煜洲　北京服装学院
10. EARTH ⊇ HUBEI　洪良奋　中国地质大学（武汉）
11. 共命运　周斌　中国地质大学（武汉）
12. 致敬逝去的星星　张云芳　清华大学美术学院
13. 护民之本　田阔　中国地质大学（武汉）

作品图录：

1. 疫情战 武汉行 马瑞 首都师范大学
2. 言恩 李金涛 武汉工程大学、首都师范大学
3. 默哀 陈紫泗 广州美术学院
4. 郁垒战新冠 方紫婷 指导老师：杨文 浙江万里学院
5. 锦绣中华，共祝武汉 孙珊 四川师范大学
6. 前行·熙亮 陆之宇 湖北工业大学
7. 战疫 陈苗 山东艺术学院
8. 去时千山远/归来万里春 蔡媛 北京化工大学
9. 宅家抗新冠系列 董虹 湖北工业大学
10. 快乐方舱系列 董雪 湖北工业大学
11. 共同抗疫——洗手篇 赵昊贺 北京林业大学
12. 万众一心，抗击疫情 高翔 中国传媒大学
13. 战 杜昊晨 中国传媒大学
14. 向最美逆行者致敬！ 毛伊琳、陈昕 深圳大学

作品图录：

1. 武汉加油·平安中国　李馨　鲁迅美术学院
2. 远离病毒库　黄雨洲　南京艺术学院
3. 守护一座城　安超　指导老师：刘芳蕾　齐鲁工业大学
4. 宅家待新春　王威多　中国矿业大学
5. 战"疫"　王梅蓉、臧晨　百色学院
6. 等你归来　张云芳　清华大学美术学院
7. "4·15"全民国家安全教育日　向瑜　天津美术学院
8. 老铁罩上没毛病！　周晨昊　鲁迅美术学院
9. 抗疫英雄联盟　贾会利　指导老师：高俊虹　内蒙古艺术学院
10. 致敬逆行者　曾忆红　指导老师：李星丽　成都大学
11. 手护　倪韬　常州工学院
12. 锦绣中华，共祝武汉　孙珊　四川师范大学
13. 武汉加油　潘敏　四川美术学院
14. HARM 危害　陈冰玉　郑州大学
15. 阻击！　石岩　郑州大学

作品图录：

1. 对谣言 Say NO! 系列海报作品　张翼飞　指导老师：贺贝若　武汉纺织大学伯明翰时尚创意学院
2. 尖峰时刻　王侃　浙江万里学院
3. 祈福武汉·用爱相连　周琳　嘉兴学院、中国台湾师范大学设计学系
4. 大干快上　生命医院　李中扬、胡莹莹、李僮　首都师范大学、武昌理工学院
5. 抗疫英雄欢迎回家　吴进河（朝鲜）　指导老师：覃京燕　北京科技大学
6. 世界战疫　中国担当　邱铭锋　广东工业大学
7. 携手同行　周依鸣　武汉理工大学
8. Marathon for Life "生命马拉松"　Rizabayeva Lolita 劳拉（哈萨克斯坦）

作品图录：

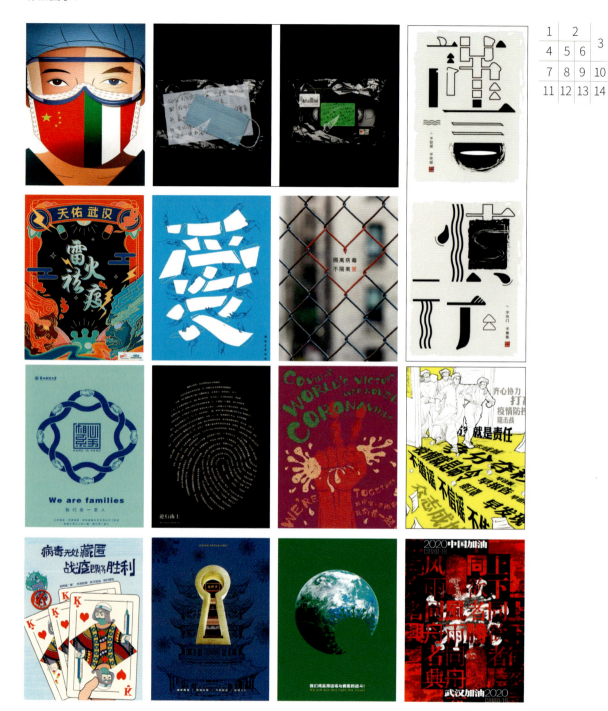

1. 医者仁心，爱无国界　康帆　武汉轻工大学
2. 储藏系列　马月楚　新疆师范大学　指导老师：董馥伊
3. 谨言慎行　张佳新　兰州理工大学
4. 雷火祛疫　石琛　集美大学
5. 携起手，爱相随　陈志华　指导老师：周雯　江汉大学设计学院
6. 隔离病毒　不隔离爱　史哲宇　指导老师：曹琳　江汉大学
7. 心手相系　党宏平　兰州财经大学
8. 逆行战士　杜俊璇　指导老师：詹秦川　陕西科技大学
9. 战疫情·夺胜利　宫凯　陕西科技大学
10. 打赢疫情阻击战　赵一帆　北华大学
11. 全民战"疫"　余佳雯　指导老师：王利支　湖北大学
12. 开启　邢宏亮　沈阳航空航天大学
13. 全球战"疫"　命运与共　邢宏亮　沈阳航空航天大学
14. 兴胜　袁彦　天津工艺美术职业学院

产品设计

PRODUCT
DESIGN

防疫设备设计
产品设计
信息艺术设计

作品名称： 恒温扩增生物芯片检测系统：六项呼吸道病毒核酸检测芯片产品 1
作者： 赵超
作者单位： 清华大学

该产品在武汉火神山医院，进行高通量快速检验，为新冠肺炎疫情阻击战获得阶段性胜利，作出重要贡献。

作品名称： 恒温扩增生物芯片检测系统：六项呼吸道病毒核酸检测芯片产品 2
作者： 赵超
作者单位： 清华大学

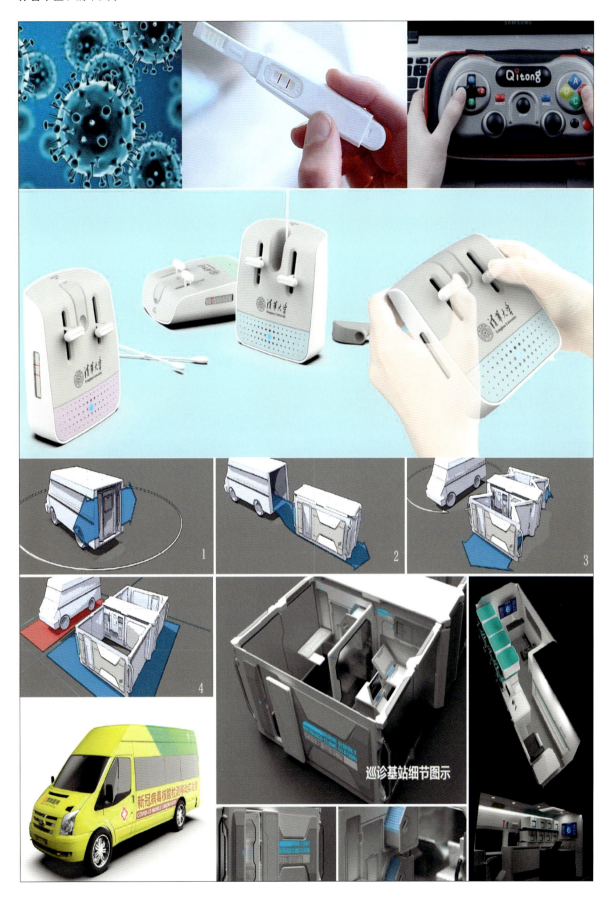

作品名称： 恒温扩增生物芯片检测系统：六项呼吸道病毒核酸检测芯片产品 3
作者： 赵超
作者单位： 清华大学

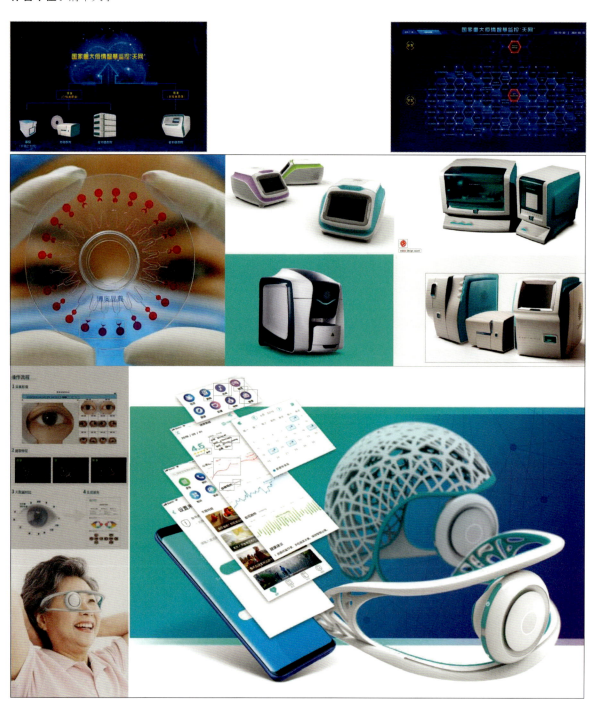

作品名称： 疫情的流图

作者： 向帆

作者单位： 清华大学

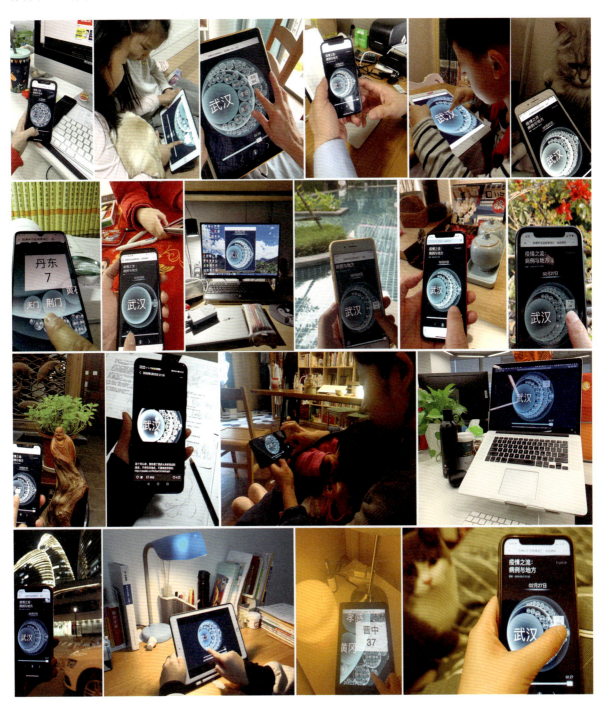

作品名称："火眼实验室（气膜版）"
作者：苏运升、娄永琪、李若羽、尹烨、陈戊荣、李雯琪、陈堃、王知然、唐子奇
作者单位：同济大学设计创意学院

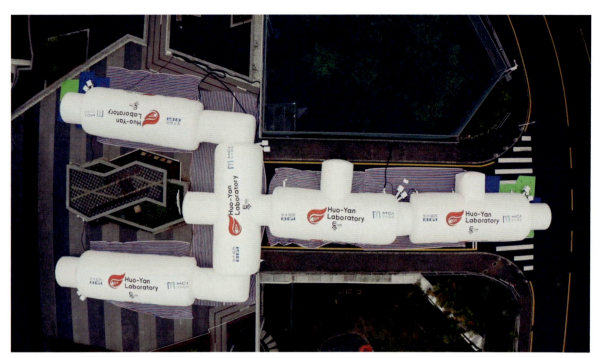

同济和华大基因联合研发的"火眼实验室（气膜版）"1.0 版

"火眼实验室（气膜版）"3.0 版内景图

作品名称："火眼实验室（气膜版）"
作者：苏运升、娄永琪、李若羽、尹烨、陈戊荣、李雯琪、陈堃、王知然、唐子奇
作者单位：同济大学设计创意学院

  同济大学设计创意学院与华大基因合作建造的快速检测可移动式 P2 级生物安全实验室——"火眼实验室（气膜版）"，已捐赠至世界各地，并获 2021 年 iF 奖、红点奖"最佳设计奖"，2020 第十三届 IAI 全球设计奖——建筑概念"最佳设计大奖"，第六届中国设计智造大奖"金奖"等。

  该院研发的系列创新产品，还包括"防护隔离床""新风睡袋""充气膜结构防护隔离建筑体系"等。

"火眼实验室（气膜版）" 3.0 版北京现场图（左）和深圳现场图（右）

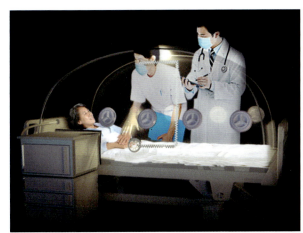 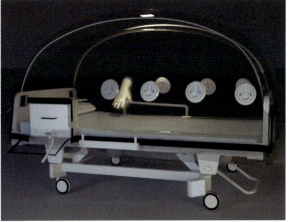

防护隔离床设计效果图

新风睡袋效果图

作品名称： 智慧无人诊所企鹅医生
作者： 赵建勋、覃京燕，等
作者单位： 北京科技大学

作品名称： LIFE MASK
作者： 于肖月、赵亚冲、孙晓凤、张健楠
作者单位： 武汉轻工大学

作品名称: AKSO: 5G 智能城市疫情救护单元
作者: 刘子阳
作者单位: 中央美术学院设计学院

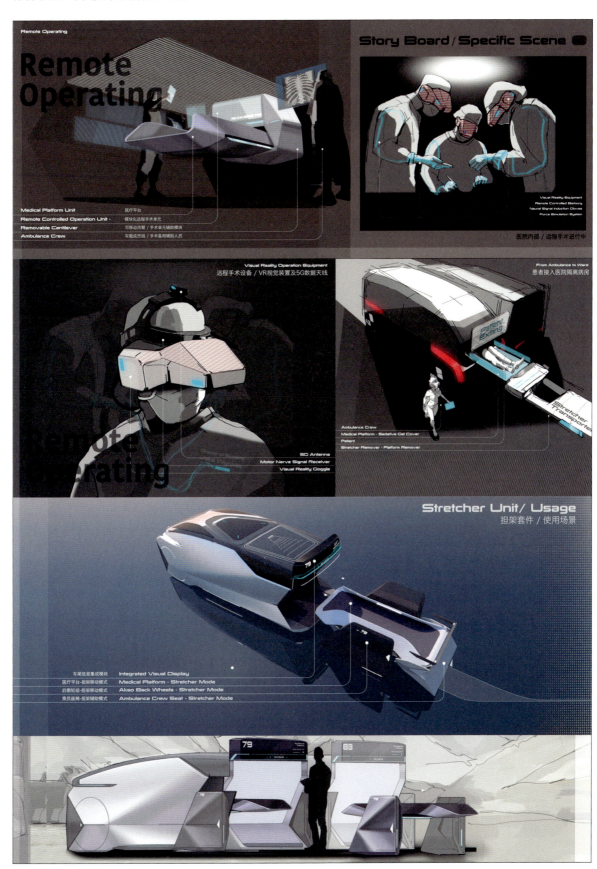

作品名称： U-COSEY：智能应急医疗系统
作者： 郎玥
作者单位： 中央美术学院设计学院

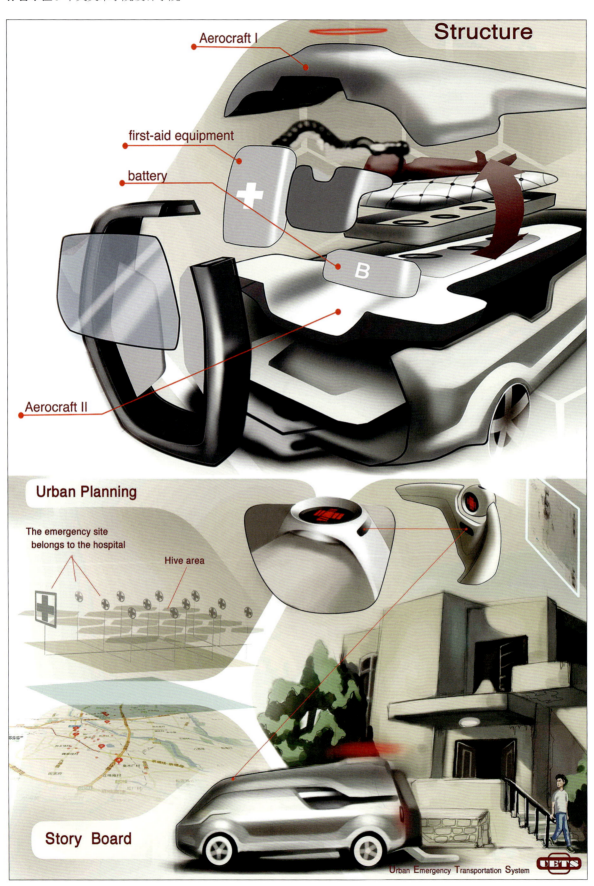

作品名称：Infinitas∞：表面自消毒公共交通工具
作者：牛浩田
作者单位：中央美术学院设计学院

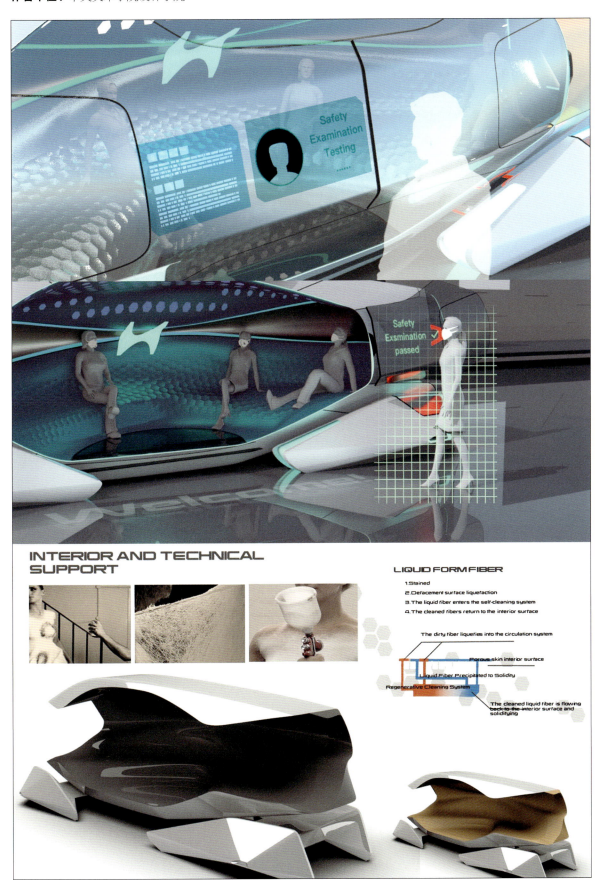

作品名称： Re-sco：后疫情时期个人交通工具
作者： 杨诚
作者单位： 中央美术学院设计学院

作品名称： 宠物抗病毒防护口罩
作者： 严梦彤
作者单位： 中央美术学院设计学院

作品名称： 卷装口罩
作者： 魏子雄
作者单位： 中央美术学院设计学院

作品名称： 儿童防病毒口罩
作者： 李安琦
作者单位： 中央美术学院设计学院

产品设计　137

作品名称： 咽拭子隔离吹嘴套件
作者： 赵嘉卿
指导老师： 莫娇
作者单位： 同济大学

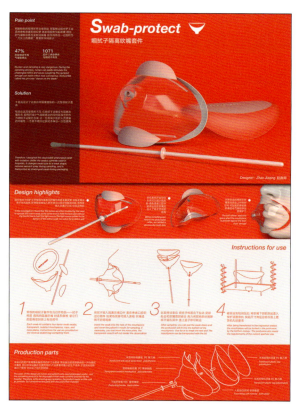

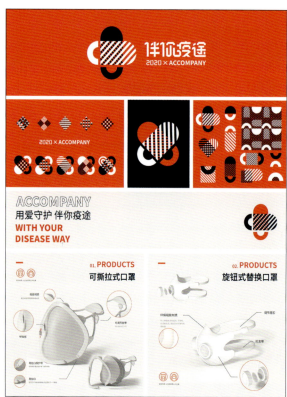

作品名称： 伴你疫途
作者： 视觉文化设计创新团队
作者单位： 江南大学

作品名称： 宿舍应急隔离工具包
作者： 胡伟专、陈家铭、侯婕
作者单位： 江南大学

作品名称：双向读数额温仪

作者：贾明照

作者单位：江南大学

双向读数额温仪
Bidirectional reading forehead thermometer

现有额温枪检测体温之后仅在检测人员一端显示被测者体温，被测者想要知道自己体温必须询问检测人员

本设计在现有额温枪基础上进行改良，采用双屏显示，让体温显示对检测人员和被测人员同样直观，体现更人性化的关怀

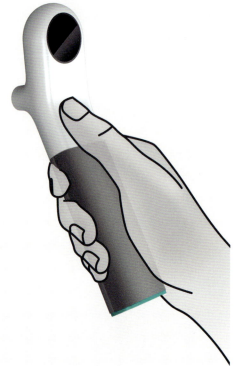

作品名称：外卖应急防疫挂件
作者：张劭耕
作者单位：江南大学

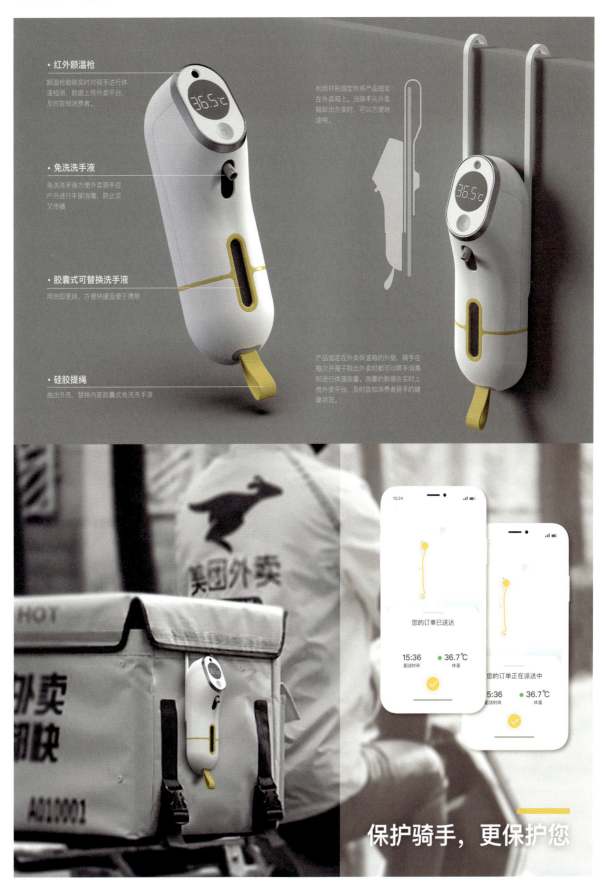

作品名称： 防疫喷雾消杀机器人
作者： 李雅娟、李家璠
作者单位： 江南大学

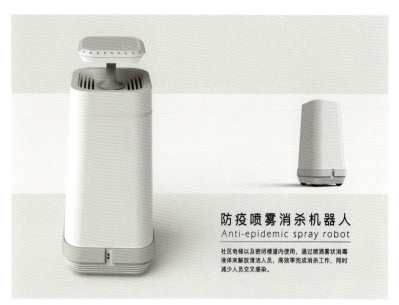

作品名称： 口罩回收箱设计
作者： 娄明、吴剑斌、张顺峰
作者单位： 江南大学

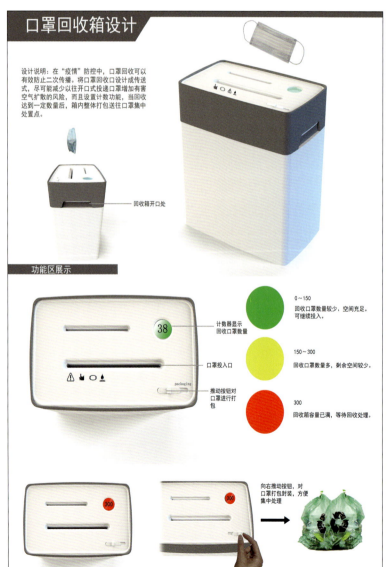

作品名称： 消毒液喷洒瓶
作者： 牛铭朗、刘千汇
指导老师： 张立昊
作者单位： 江南大学

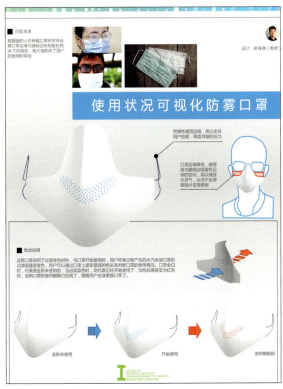

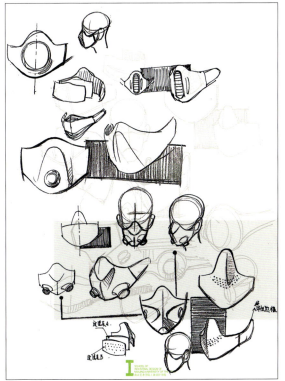

作品名称： 使用状况可视化防雾口罩
作者： 霍春晓
作者单位： 南京艺术学院

作品名称： 防杀"包虫病"的便携式高原开水机设计
作者： 何晓佑、逄亚彬
作者单位： 南京艺术学院

防杀"包虫病"的便携式高原开水机设计

设计者：何晓佑、逄亚彬

解决问题：

我国在海拔3000米以上的高原人口有1亿，水开的理论沸点是91℃，海拔4000米以上的藏区有338万人，水开的理论沸点是88℃，而杀死开水中的"包虫"病菌需要沸点到100℃，因此，防杀高原包虫病是一个亟待解决的问题，也是一个世界性的难题。

设计方案：

1. 利用高压原理，在高原使用水可以烧至100度，实验证明具有杀死包虫的能力。2. 以分体便携方式，既可以在室内通电状态下使用，也可以解决高原游牧民和边防部队巡逻中无电状态使用。3. 造型简约，出水龙头可旋转、炉体烟囱可拆卸，以便于携带。

高压锅、电磁炉、火炉组合方式

| 六种高原水中细菌 | 包虫病 | 移动状态 | 野外使用状态 |

功能标注　　　　　携带方式

作品名称： AKSO——医用防毒面具设计
作者： 赵阳臣
作者单位： 南京艺术学院

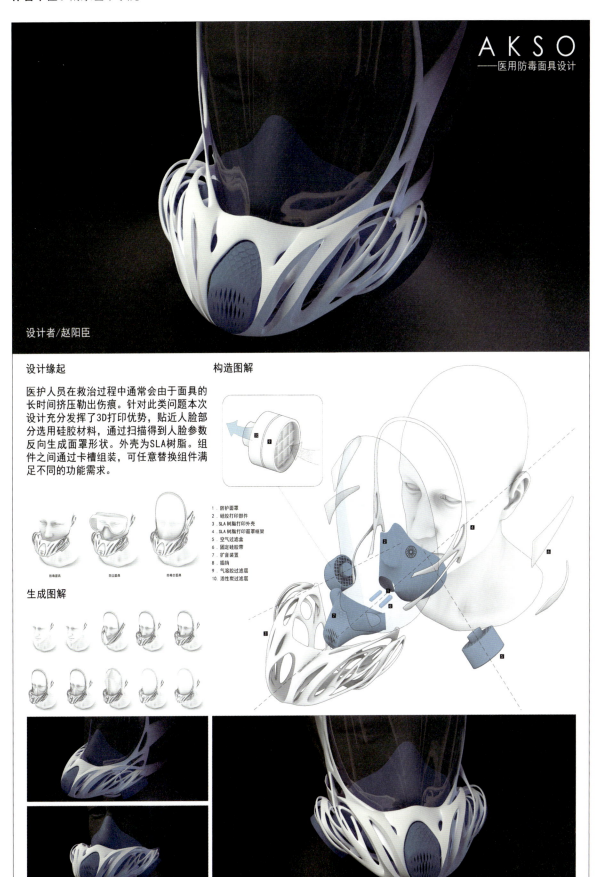

设计缘起

医护人员在救治过程中通常会由于面具的长时间挤压勒出伤痕。针对此类问题本次设计充分发挥了3D打印优势，贴近人脸部分选用硅胶材料，通过扫描得到人脸参数反向生成面罩形状。外壳为SLA树脂。组件之间通过卡槽组装，可任意替换组件满足不同的功能需求。

构造图解

1. 防护面罩
2. 硅胶打印部件
3. SLA树脂打印外壳
4. SLA树脂打印面罩框架
5. 空气过滤盒
6. 固定硅胶带
7. 扩音装置
8. 插销
9. 气溶胶过滤层
10. 活性炭过滤层

生成图解

作品名称：产品概念与实验——EGO ONE
作者：郭世豪
作者单位：南京艺术学院

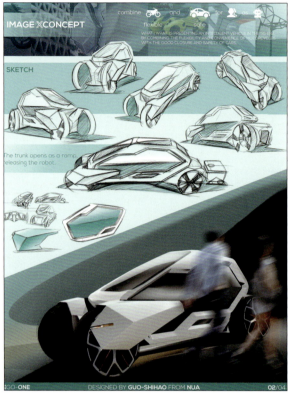
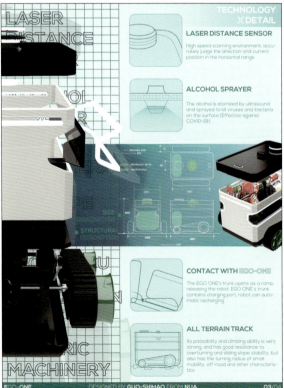

作品名称： 产品概念与实验——地铁辅助清洁消杀机器
作者： 华家绮、张莹莹
指导老师： 张明、卢慧杰
作者单位： 南京艺术学院

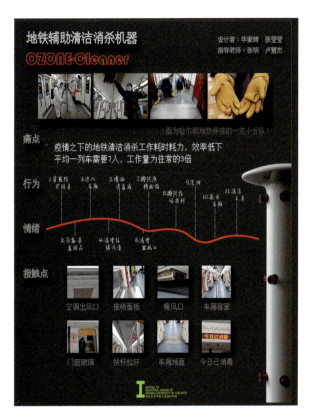
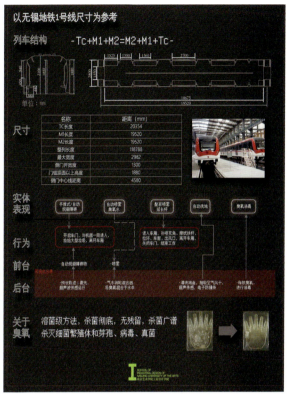
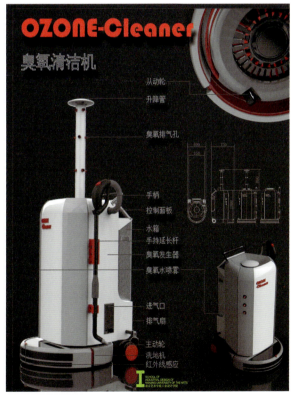
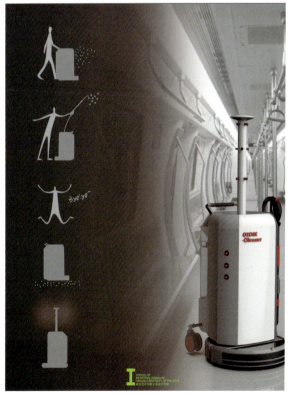

作品名称： 产品概念与实验——无人机快递设计
作者： 张明、黄熊壮、金谛
作者单位： 南京艺术学院

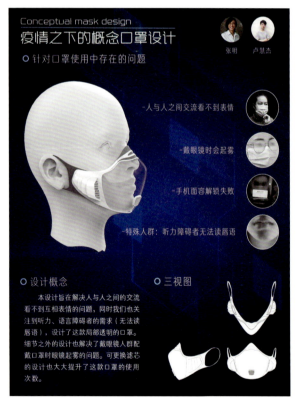

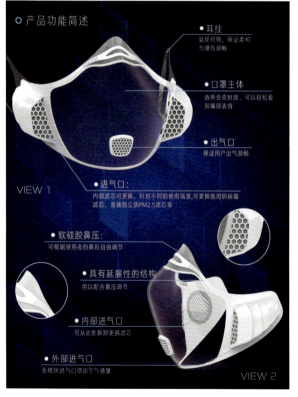

作品名称： 产品概念与实验——疫情之下的概念口罩设计
作者： 张明、卢慧杰
作者单位： 南京艺术学院

作品名称： 产品概念与实验——Flying-Delivery
作者： 陈馨蕊
作者单位： 南京艺术学院

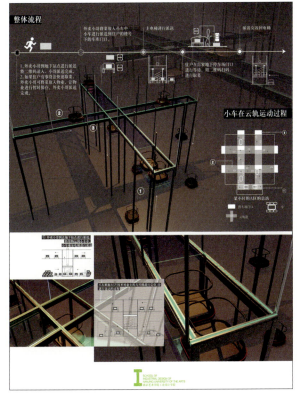

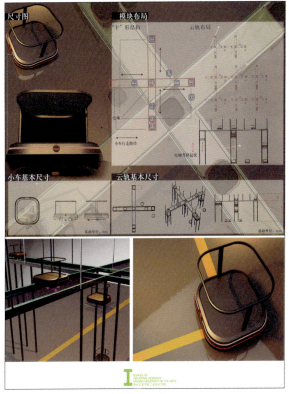

作品名称：ADJUSTE——3D 打印体表温控器
作者：姜峰
作者单位：南京艺术学院

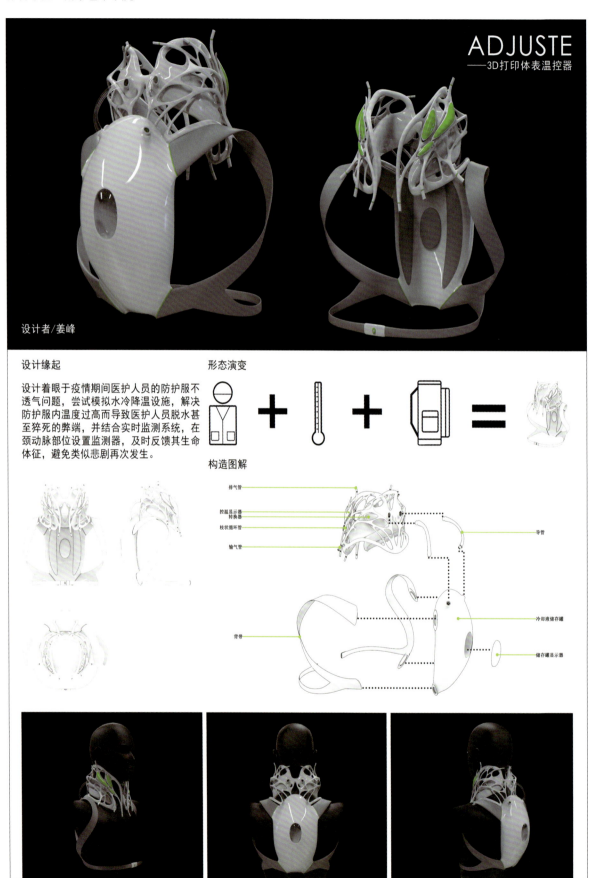

作品名称： 增能外骨骼机器人
作者： 孙守迁
作者单位： 浙江大学

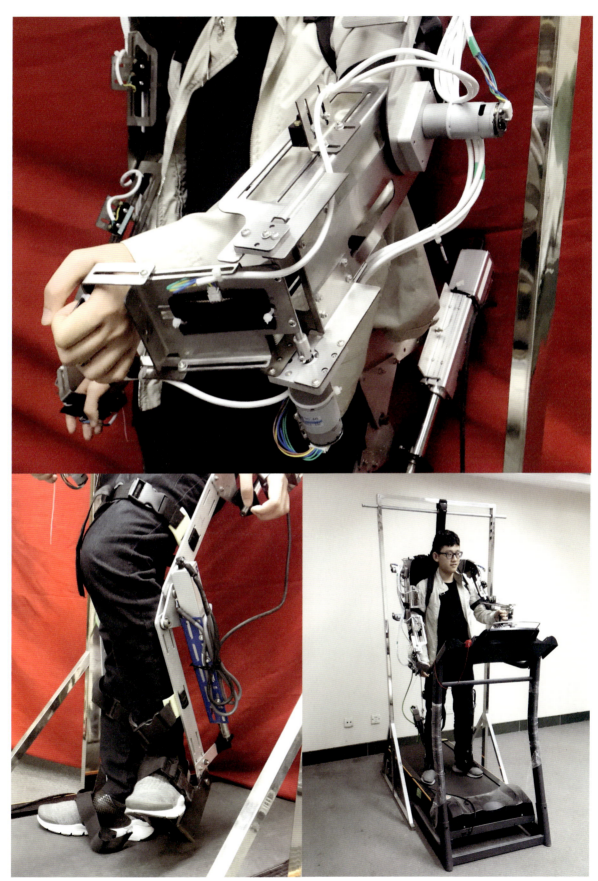

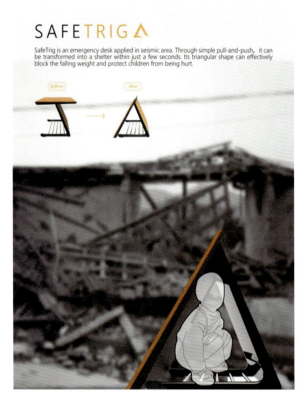

作品名称： SAFETRIG
作者： 创新设计团队
作者单位： 浙江大学

作品名称： 智能消毒鞋套机
作者： 关键
作者单位： 北京服装学院

作品名称： 儿童激励洗手皂

作者： 郑涵佳、蔡蕊屹、杨瑶莹、周嘉炜

作者单位： 浙江大学

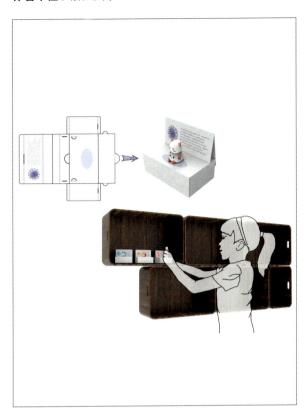

作品名称： 医疗器械——ScintCare CT 64/128

作者： 孙凌云、赵晓亮

作者单位： 浙江大学

产品设计 153

作品名称： Isolation Desk——翻转隔离课桌
作者： 王子鸣、曹中淏
指导老师： 吕杰锋
作者单位： 武汉理工大学

作品名称：卫生的棉签盒

作者：典毅冰

作者单位：景德镇陶瓷大学

作品名称：医护专用电动脚踏滑车设计

作者：张明春

作者单位：景德镇陶瓷大学

作品名称：鞋底清洁器

作者：杨涛

作者单位：景德镇陶瓷大学

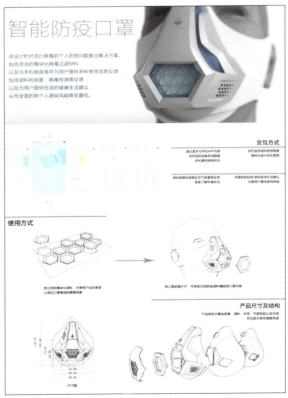

作品名称：智能防疫口罩

作者：韩硕一

指导老师：朱昱宁

作者单位：浙江工业大学

作品名称： 一步洗手水龙头

作者： 蔡识博

指导老师： 吕杰锋

作者单位： 武汉理工大学

作品名称： 台式消毒洗碗机
作者： 吴剑
作者单位： 武汉理工大学

作品名称： 方舱医院移动式病床舱室设计
作者： 孙京京
指导老师： 吕杰锋
作者单位： 武汉理工大学

产品设计　157

作品名称： 自动消毒垃圾桶
作者： 徐柯童
指导老师： 吕杰锋
作者单位： 武汉理工大学

作品名称： 可变色一次性口罩
作者： 邬雨彤
作者单位： 鲁迅美术学院

作品名称：VIVI 不同年龄用户的口罩设计
作者：金亚东、万雨薇
作者单位：鲁迅美术学院

作品名称：临时抗疫救援屋
作者：杨雨薇
作者单位：鲁迅美术学院

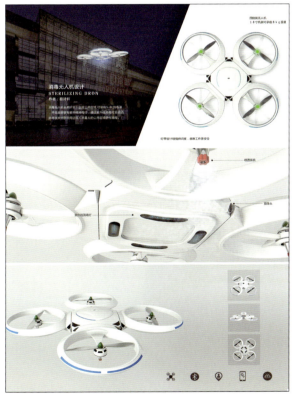

作品名称：消毒无人机设计
作者：蔡诗轩
作者单位：鲁迅美术学院

作品名称：一次性口罩设计
作者：蔡诗轩
作者单位：鲁迅美术学院

作品名称： 企业测温考勤机
作者： 张纪鑫
作者单位： 鲁迅美术学院

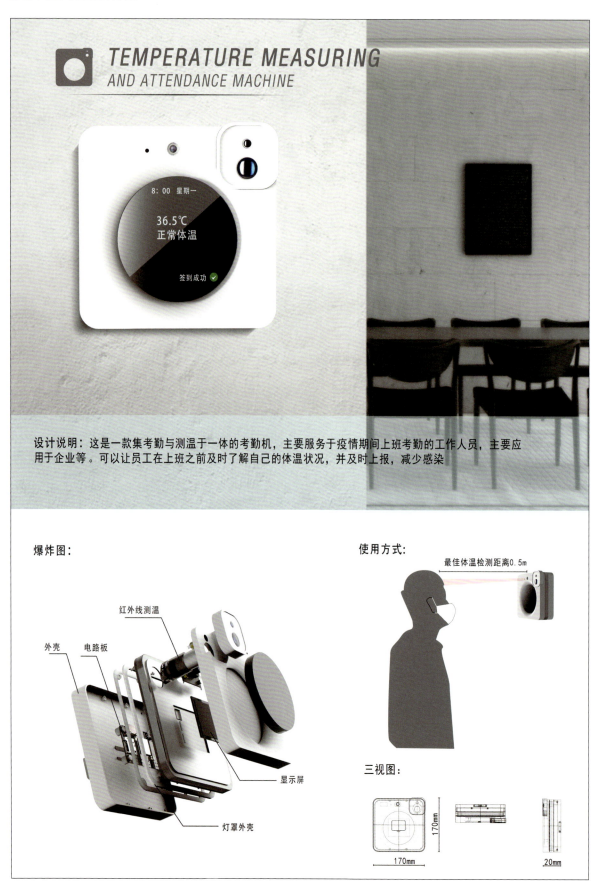

作品名称： 公共测温枪
作者： 邹金鑫
作者单位： 鲁迅美术学院

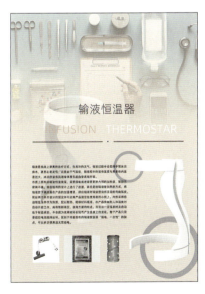 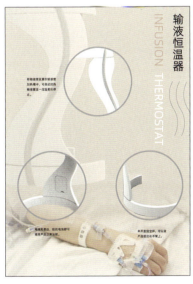 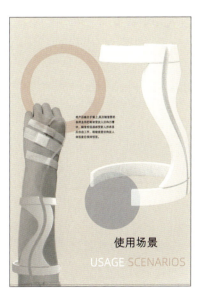

作品名称： 输液恒温器
作者： 刘晓辰
作者单位： 鲁迅美术学院

作品名称： 服务设计导向下公共场所的 AED 急救医疗设施设计
作者： 刘瑞
作者单位： 中国地质大学（武汉）

作品名称： 地下智能铲运系统设计
作者： 许皓、张傲南、梅震
作者单位： 中国地质大学（武汉）

作品名称： 组合式抗疫医院
作者： 薛文凯
作者单位： 鲁迅美术学院

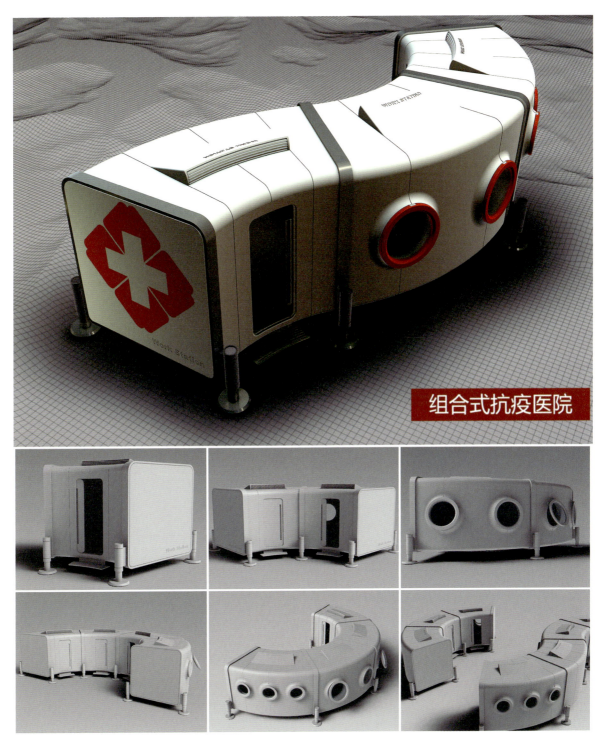

作品名称：城市下水管道机器人1
作者：桑明琪、李依璟、李聪丽、卢永恒
作者单位：中国地质大学（武汉）

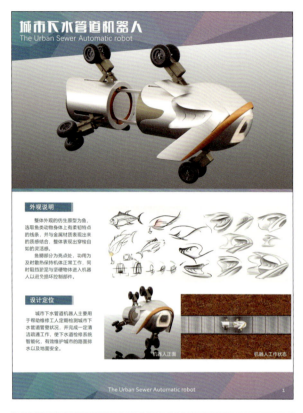

作品名称：城市下水管道机器人2
作者：桑明琪、李依璟、李聪丽、卢永恒
作者单位：中国地质大学（武汉）

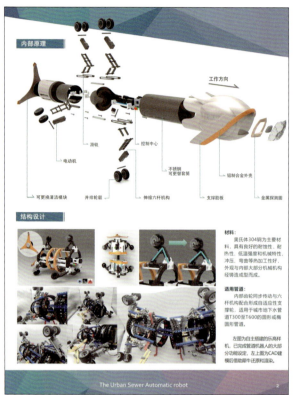

作品名称：城市下水管道机器人3
作者：桑明琪、李依璟、李聪丽、卢永恒
作者单位：中国地质大学（武汉）

作品名称：高速公路除雪机器人
作者：张傲南
作者单位：中国地质大学（武汉）

作品名称： 英雄出征
作者： 徐婧竞
作者单位： 中国地质大学（武汉）

作品名称： 青山一道，同担风雨
作者： 金若雨
作者单位： 中国地质大学（武汉）

作品名称： 抱薪者赞歌
作者： 张斯婧
作者单位： 中国地质大学（武汉）

作品名称： 胜之庆典
作者： 徐婧竞
作者单位： 中国地质大学（武汉）

作品名称： "坚韧之星"纪念章
作者： 吴萍、陈辉
作者单位： 湖北美术学院

作品名称： 隔空拥抱 用爱相连
作者： 吴冕
作者单位： 湖北美术学院

作品名称：傲雪欺霜
作者：马杨瑞琦
作者单位：湖北美术学院

作品名称： 逆行者
作者： 韩梦
作者单位： 湖北美术学院

作品名称： 生命之花
作者： 袁小山
作者单位： 湖北美术学院

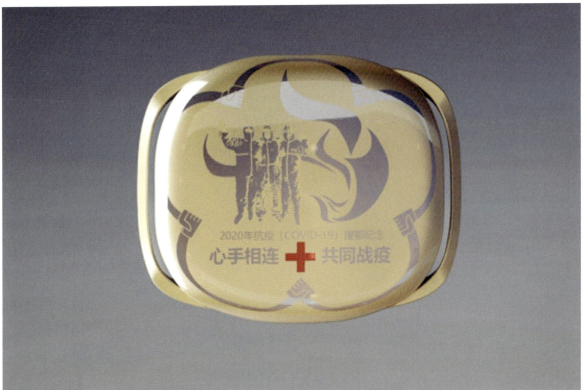

作品名称： 金口罩——白衣卫士抗疫纪念徽章
作者： 曹丹
作者单位： 湖北美术学院

作品名称： 无接触物资交换系统设计
作者： 李欣媛
作者单位： 天津美术学院

设计说明

如果社区里存在一种智能的可以联网的设施，在保证安全的状态下能让物资合理调换，使人的个性化得到满足，这将给居民的生活带来很大的便利，还能减少居委会采购物资的压力。

故事板

作品名称： 瞬息——消菌便携式雾化器
作者： 李鸿琳
作者单位： 天津美术学院

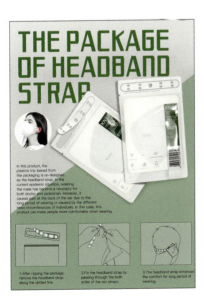 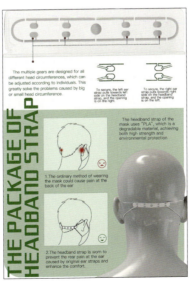 

作品名称： THE PACKAGE OF HEADBAND STRAP
作者： 李紫萱、李雨珂、马勇州、牛娜青、杨紫薇
指导老师： 王龙
作者单位： 长沙理工大学

作品名称： Snack Mask 便携式口罩
作者： 服务设计与社会创新研究所
指导老师： 梁玲琳
作者单位： 浙江理工大学

作品名称："方舱+"生物医学高铁
作者：王张宇、王佳乐
指导老师：包德福
作者单位：浙江理工大学

作品名称： 可替换滤芯式防护口罩设计
作者： 孟帆
指导老师： 李西运
作者单位： 齐鲁工业大学

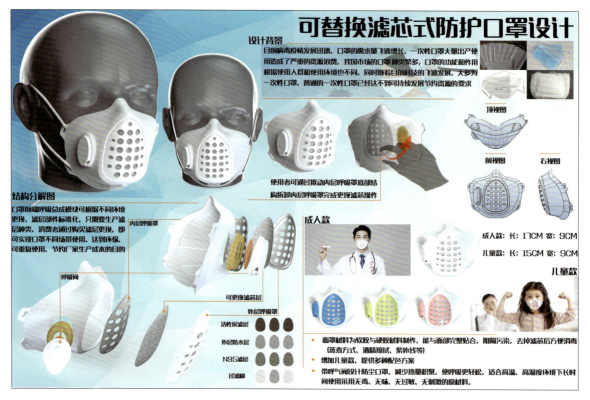

作品名称： 集成式工业防尘头盔
作者： 孟帆
指导老师： 李西运
作者单位： 齐鲁工业大学

作品名称： 可循环口罩
作者： 孙晓彤
指导老师： 李西运
作者单位： 齐鲁工业大学

一款带有高效过滤芯，通过替换滤芯可循环使用的环保口罩，可有效阻断病毒传播。

口罩防护罩由环保塑胶制成，立体支撑机构使嘴、鼻获得足够的呼吸空间，无拘无束畅快呼吸；食品级硅胶隔垫紧密贴合面部，有效阻止病菌灰尘进入腔内，柔软舒适的材质有效缓解口罩对脸部及耳部的压力；内置过滤内芯可替换，节省资源避免浪费；头戴式口罩绑带佩戴方便，缓冲压力长时间佩戴不易累。

  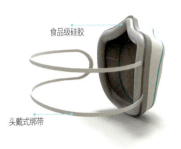

该口罩设计采用模块化的设计，口罩的过滤部分可以拆卸，并配有3种（PM2.5/N95/HEPA）过滤芯片，通过滤芯的拆卸替换达到清洁的效果，给用户带来安全的空气，可替换过滤芯可以隔绝大量病原微生物，过滤效果达99.9%，以及配套紫外线消毒袋，紫外线消毒袋通过紫外线发光管发光来给口罩进行消毒，提高口罩的安全性，紫外线的杀菌范围广而迅速，处理时间短，在一定的辐射强度下一般病原微生物仅需十几秒即可杀灭，让用户使用上干净安全的口罩。

作品名称： 可替换滤芯口罩
作者： 孙岩雨
作者单位： 云南艺术学院

作品名称：智能消毒门把手
作者：宋明阳
作者单位：云南艺术学院

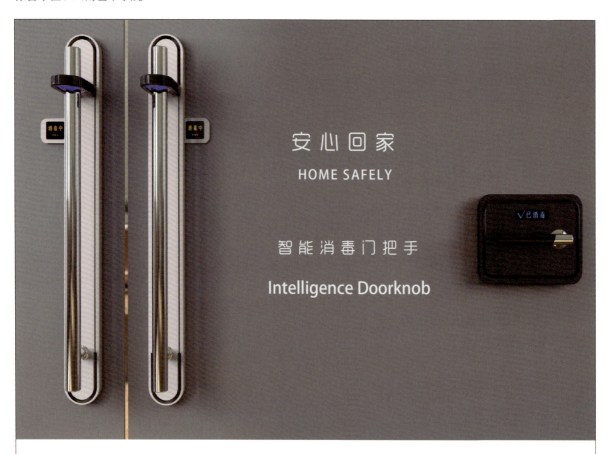

设计说明：智能消毒门把手将在传统的门把手上加装紫外线消毒灯，通过接触感应装置控制紫外线工作。当检测到门把被使用后，系统将自动启动消毒装置。紫外线装置由机械传动装置控制，开启紫外线，绕门把旋转一周，起到消毒杀菌的作用。

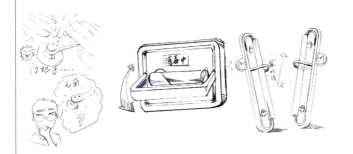

智能消毒门把手

设计灵感：生活中处处都存在着我们看不见的病毒和细菌，而门把手是我们日常生活中难以避免需要接触的东西。我们就是在不知不觉中将这些危害我们身体健康的病毒和细菌带入我们的家里，甚至还可能交叉传染给自己的家人。是时候做出改变了！使病毒、细菌不沾染到门把手是一件几乎不可能的事情，所以我们能做到的就是尽可能地避免这些病毒、细菌再次传染给其他人，这样也就解决了人们通过门把手沾染新病毒、细菌的可能。紫外线可以通过辐射损伤和破坏细菌、病毒的DNA或RNA，达到消灭微生物的目的。将门把上加装紫外线消毒装置，就可以有效地将门把上的残留细菌、病毒消灭，达到消毒、减少交叉感染的可能。

作品名称：生命通道
作者：冯峥
作者单位：郑州轻工业大学

作品名称：智能防疫安检系统
作者：乔楠
作者单位：郑州轻工业大学

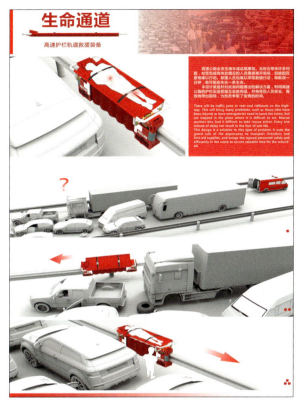

作品名称：骑行空气净化器产品设计
作者：王宇驰
作者单位：郑州轻工业大学

作品名称：疫情应急处理公共设施——
路疫情灯装置和公共座椅的优化设计
作者：潘怡缘
作者单位：郑州轻工业大学

作品名称： 医护人员防病毒口罩设计
作者： 赵猛
作者单位： 郑州轻工业大学

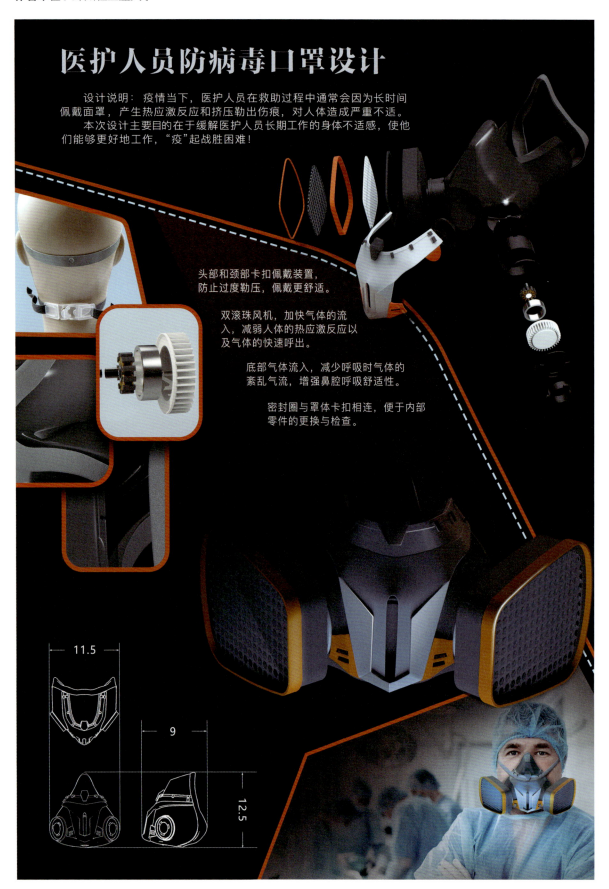

作品名称: ERS 应急救援系统
作者: 王璐
作者单位: 郑州轻工业大学

应急救援系统:
简称ERS,是针对地震灾害的产品。家用,放置于私人住所结构最结实的位置,作用于地震灾害发生后幸存受困的人群。提高受困者的生存概率,提供一套较为完善的生存系统。

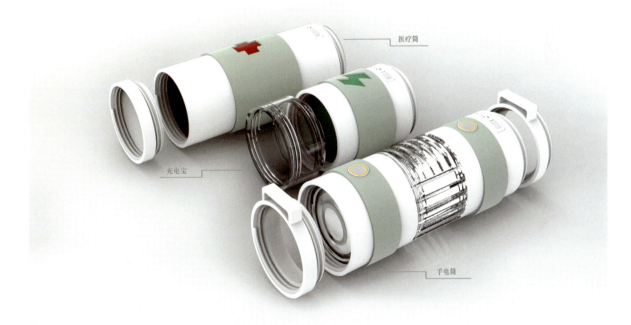

手电筒双照明:
省电模式及远光模式
急救筒:
内部医药包,也可当水杯
充电宝:
附储物仓存放数据线
可拆卸挂环:
简洁方便,不影响照明,方便携带
所有产品可拼装一起
硅胶套防滑设计
凹凸标志便于分辨

作品名称： 便携手部消毒胶囊
作者： 李晶、徐海峰
作者单位： 武汉轻工大学

设计说明

本设计为便携式手部消毒凝胶胶囊，形式如铝箔胶囊型药品包装，方便用户随身携带，可根据需要携带的数量沿铝箔版虚线掰开来选择。使用时，挤出胶囊后可融化于掌心。

此设计的目的在于尽可能地减少在手部消毒过程中于消毒产品外包装的二次接触。

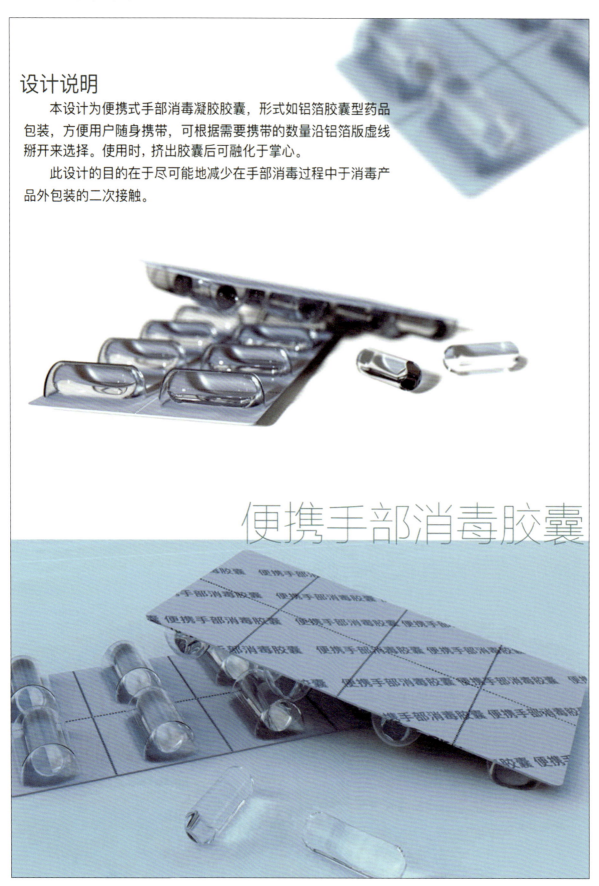

作品名称：DANKO 便携式筷子消毒仪
作者：汪丰睿、沈若章、贺奕薇
作者单位：江南大学

作品名称：高危病毒正压防护服设计1
作者：桂宇晖、赵思宇、马骁、万谦、龚明怡、胡丕钊、范子辕
作者单位：中国地质大学（武汉）

作品名称：共轴双旋翼无人机设计
作者：李宸绘
指导老师：吴瑜
作者单位：武汉理工大学

作品名称: 高危病毒正压防护服设计 2
作者: 桂宇晖、赵思宇、马骁、万谦、龚明怡、胡丕钊、范子辕
作者单位: 中国地质大学（武汉）

作品名称："非接触式"社区测温门禁设计
作者：郭慧凌
作者单位：上海工程技术大学

作品名称： 雷神山开路者
作者： 高瞩
作者单位： 上海工程技术大学

作品名称： 感染者转运舱
作者： 王轶鹏
作者单位： 上海工程技术大学

作品名称：E 语音提示器

作者：夏进军、范正妍、杨振天、张婷婷、王子栋、冯吉宣、李亚、朱琪琪

作者单位：重庆大学

作品名称："扶首"测温手套设计
作者：杨运辉
作者单位：北京林业大学

作品名称：疫行——儿童智能防护服设计
作者：王加彬、甘明艳、蔡依琳
指导老师：宋轩、刘再行、郜洵
作者单位：广州美术学院

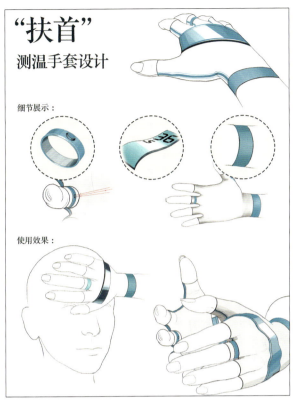

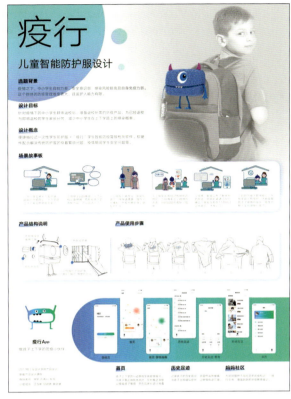

作品名称：医用呼吸机1
作者：邓旭
作者单位：湖南大学

作品名称：家用呼吸机1
作者：朱雪雯
作者单位：湖南大学

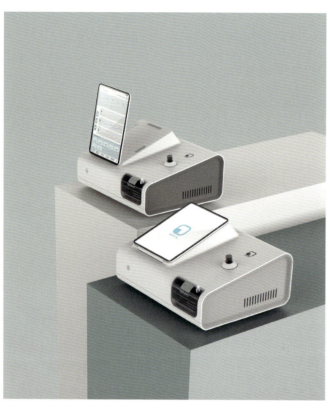

作品名称：医用呼吸机 2
作者：张富
作者单位：湖南大学

作品名称：心晓悠护 Lite 非接触式心率监测系统
作者：胡飞教授团队
作者单位：广东工业大学

作品名称："悬浮"生命舱
作者：叶如茵
作者单位：广州美术学院

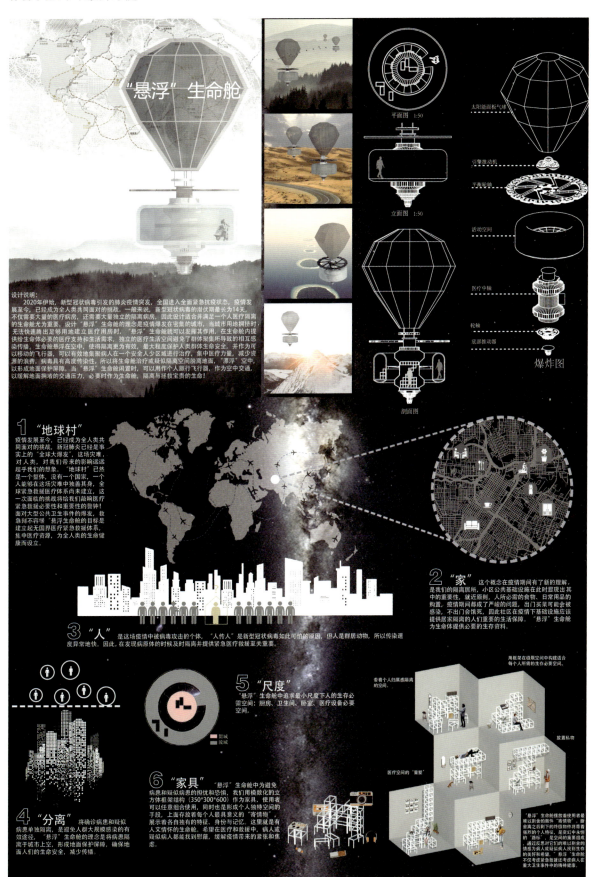

作品名称： 汇专科技集团口罩包装设计
作者： 王娟教授团队
作者单位： 广东工业大学

作品名称： 水微素除菌清新液系列包装设计
作者： 陆定邦教授团队
作者单位： 广东工业大学

作品名称： 公共出入口消毒门设计
作者： 薛泽华、余慧
指导老师： 孔祥富
作者单位： 沈阳航空航天大学

作品名称： 无接触手指消毒器
作者： 牛柳清、桑钦、王若羽
指导老师： 贺雪梅
作者单位： 陕西科技大学

作品名称： 多功能助力拐杖设计
作者： 孙元浩
指导老师： 刘潇、王毅、陈健
作者单位： 陕西科技大学

多功能助力拐杖设计

设计说明 DESIGN SPECIFICATIONS

这款多功能助力拐杖是针对腋下拐杖使用方式和舒适度进行的改进设计，不管是长期依赖拐，还是在康复过程中使用拐杖都不会感到痛苦。臂托可以完整包住肘部和小臂，用肘部的力量撑跃行走轻松省力，舒适的海绵垫减少摩擦和疼痛感；可开合的臂托下有卡扣开关，握柄上也有可旋转的按钮，让使用者在不行走的时候最大程度地解放双手；底座上采用防滑胎纹，可以适用于各种场地的行走。

草图展示 SKETCH SHOW

使用情景 USE SCENARIO

手臂放入臂托，护带自然包裹住手臂，握住可调节的握柄，全新的拐杖使用体验。

打开臂托的卡扣，可以提供一个手臂的运动范围，让你可以够到想要的东西。

按下按钮后，握柄旋转下落，让双手彻底解放。

效果图展示 DESIGN SKETCH SHOW

作品名称： 额温筛查眼镜
作者： 赵润琪
指导老师： 王海锋
作者单位： 陕西科技大学

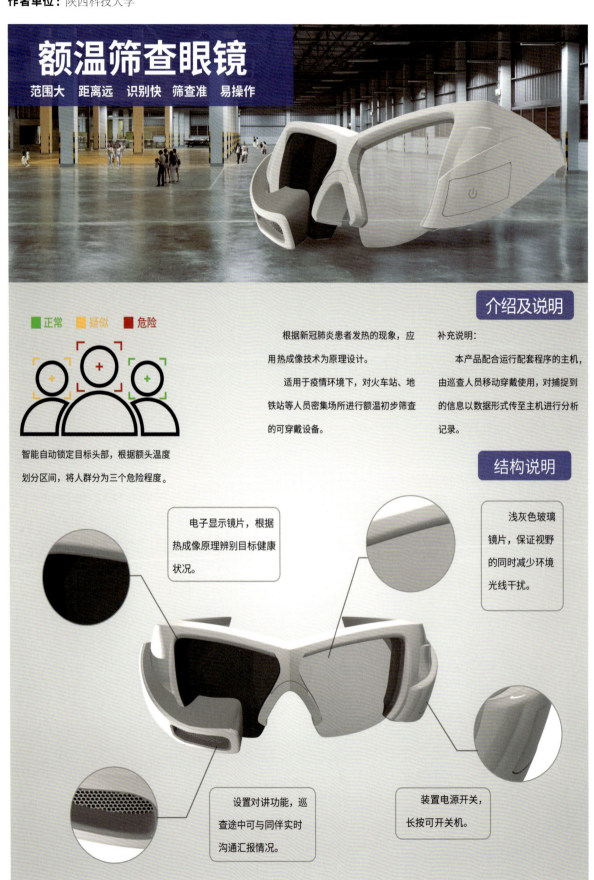

作品名称： 干手消毒机

作者： 臧永伟、赵梦雅

作者单位： 河南工业大学

作品名称： VACCI 第四代螺旋式 CT 机

作者： 夏振标

作者单位： 北华大学

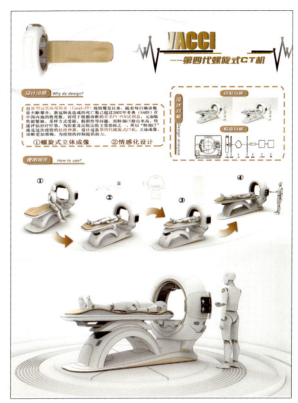

作品名称： 防疫小站

作者： 刘幻与、覃曼、姜凌志、张荣宇、曾祥斌

作者单位： 重庆大学

作品名称： 智能防疫消杀机器人

作者： 宋贞贞

指导老师： 王伟伟

作者单位： 陕西科技大学

作品名称： 驭势科技无人驾驶车
作者： 覃京燕，等
指导老师： 李孟宣
作者单位： 北京科技大学

作品名称： 有温度的体温计
作者： 龙涛
作者单位： 江西财经大学

有温度的体温计
Thermometer with temperature

设计说明

在疫情发生的期间，正值冬季，像在北方等地，电子体温计跟手机、平板电脑等或电子产品一样，环境温度过低时就会影响使用。而体温计的探头是需要一定范围的温度下，才能够正常工作，因此会给许多在户外值班的人员造成较大的影响。

问题说明

户外温度过低，体温不能正常工作

原理说明

通过下面的电热丝加热出热气，使得体温枪保持合适的温度，维持体温枪的正常工作

多角度展示

作品名称： Fluffy Dream 疫情下的创新犬宅设计
作者： 蔡睿哲
作者单位： 福建工程学院

作品名称：风护 HEADWIND
作者：谢晓文、黄冠霖、邹佳琪、林瑞钦
作者单位：广东工业大学

作品名称：便携式 UV 双用消毒棒
作者：王泽琼
作者单位：北华大学

作品名称：家用呼吸机 2
作者：陈昱果
作者单位：湖南大学

作品名称：中老年专用抗疫辅助呼吸系统设计
作者：张立群、谢敏
作者单位：上海交通大学

产品设计　197

作品名称： 消毒机器人
作者： 杨晶晶
作者单位： 江西财经大学

作品名称： 鞋底消毒卷筒地毯
作者： 黄楚峰
作者单位： 广东第二师范学院

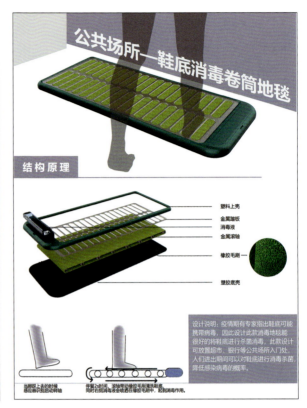

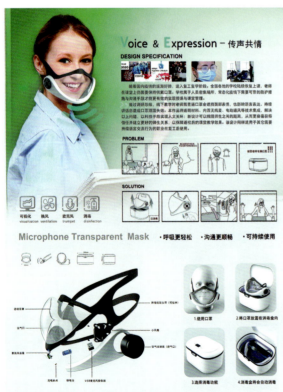

作品名称： Microphone Transparent Mask
作者： 陈燕娟、蓝芝浩、廖波元、梁怀卫、周俊朗
作者单位： 广东工业大学

作品名称： 便携式负压隔离舱
作者： 望梦静
作者单位： 武汉设计工程学院

作品名称： SEA-DRIFT 应急隔离充气船
作者： 黄之胤、范梦琳
指导老师： 夏芒、张祖耀
作者单位： 浙江理工大学

作品名称：便携组合式消毒匣
作者：王志朋
指导老师：孙利
作者单位：燕山大学

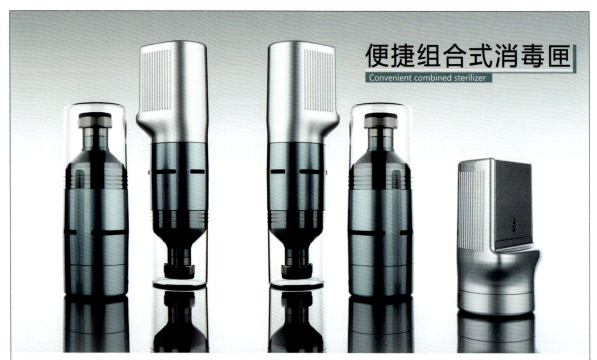

便捷组合式消毒匣
Convenient combined sterilizer

便捷组合式消毒匣是一款通过间接接触的方式，解决疫情期使用电梯按钮、门把手等部件而交叉感染问题的消毒产品。该匣前端用于按压电梯按钮等，同时还能对其消毒，也可用于手机等小部件擦拭消毒。该匣后端用于按压门把手来实现开关门。该匣前端和后端都可自由组合，方便携带。匣内溶液可根据不同防疫情况，装入酒精、84消毒液等不同消毒液体。

▌主功能介绍 Introduction to main functions

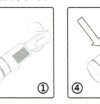

▌添加消毒液 Add disinfectant

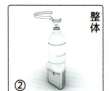
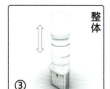

▌细节分析图 Detail analysis chart

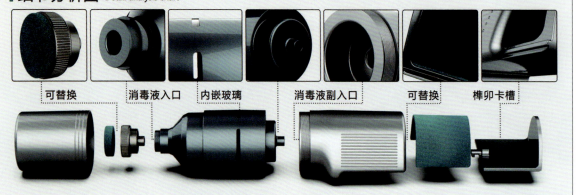

可替换　消毒液入口　内嵌玻璃　消毒液副入口　可替换　榫卯卡槽

作品名称：智能移动"方舱医院"设计
作者：陈才进
作者单位：广州美术学院

作品名称： 医学图像引导辅助穿刺机器人
作者： 何晓佑、逄亚彬、朱文萱
作者单位： 南京艺术学院

作品名称： 康华云健康工作平台

作者： 赵建勋、覃京燕

作者单位： 北京科技大学

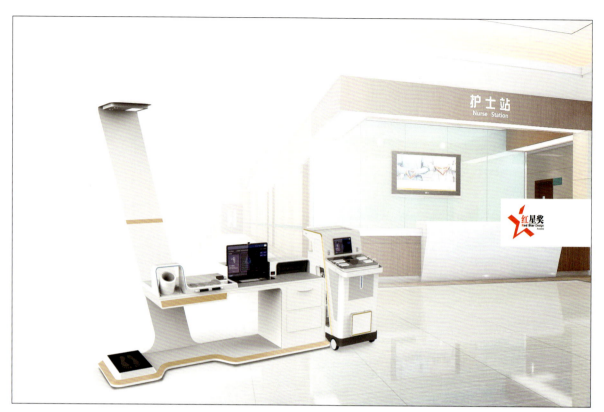

作品名称： Vortex blocker 模块化漩涡浮标

作者： 陈铭恩

作者单位： 江西财经大学

作品名称：变色防护口罩
作者：王紫瑾、王博
作者单位：河南工业大学

作品名称：战"疫"——手推车手柄消毒器
作者：黄芯仪、王龄敏、赵微、龙颖、张康妹
作者单位：广州美术学院

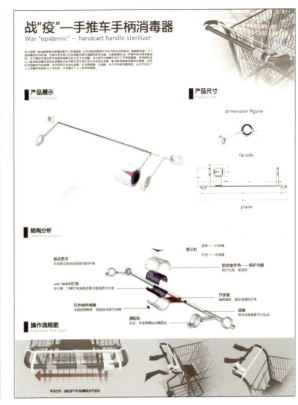

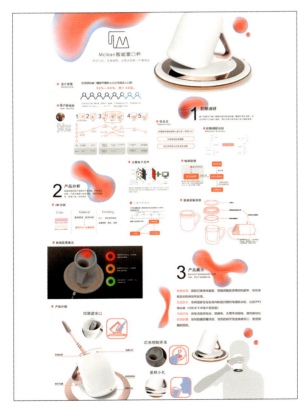

作品名称：Mclean 智能漱口杯
作者：代馨怡
作者单位：北京科技大学

作品名称：无人驾驶车 PSS 产品服务系统交互设计
作者：郝泽宇
作者单位：北京科技大学

作品名称：便携式按压笔
作者：戴成
指导老师：陈国强
作者单位：燕山大学

作品名称：儿童足部骨折患者·智能辅具设计
作者：陈仓海
作者单位：福建工程学院

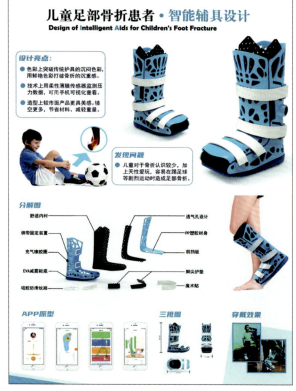

作品名称：大健康新生活方式无人驾驶车
作者：覃京燕，等
作者单位：北京科技大学

作品名称：大健康新生活方式机器人
作者：侯宪达
作者单位：北京科技大学

作品名称： 区域性文旅风格的中型特色邮轮设计
作者： 王妍
指导老师： 李卓
作者单位： 武汉理工大学

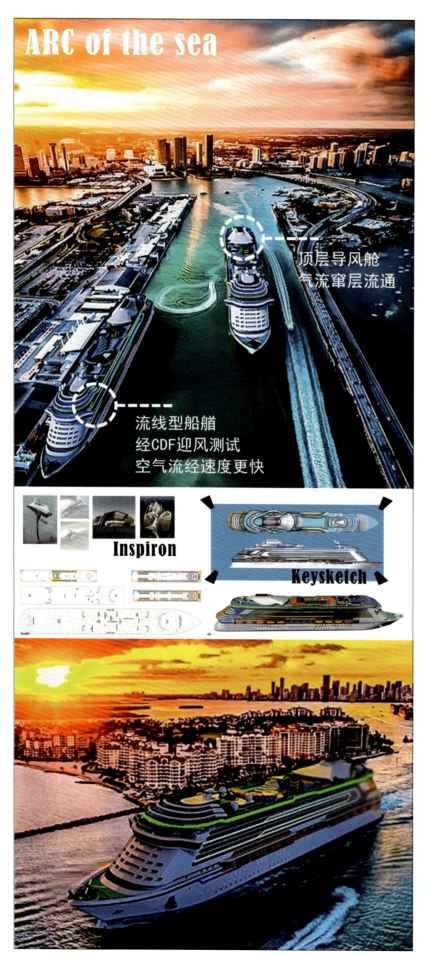

作品名称：安全国度
——卫生型大型豪华邮轮设计
作者：匡龙文
指导老师：李卓
作者单位：武汉理工大学

作品名称： 百千浪
　　　　——抗疫巡防游船设计
作者： 张恒
指导老师： 郑刚强
作者单位： 武汉理工大学

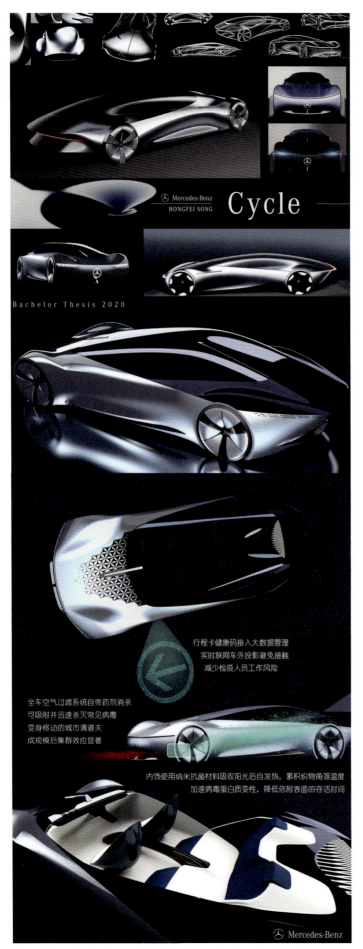

作品名称：Cycle
——绿色健康交通工具
作者：宋鸿飞
指导老师：李卓
作者单位：武汉理工大学

作品名称： 家庭智能管家空调
作者： 葛云娇、韩天鸣、狄九龙、王楷荣
指导老师： 汤军
作者单位： 武汉理工大学

作品名称： 基于城市垃圾分类背景下可回收垃圾小型处理装置设计
作者： 杨茗
指导老师： 孙隽
作者单位： 武汉理工大学

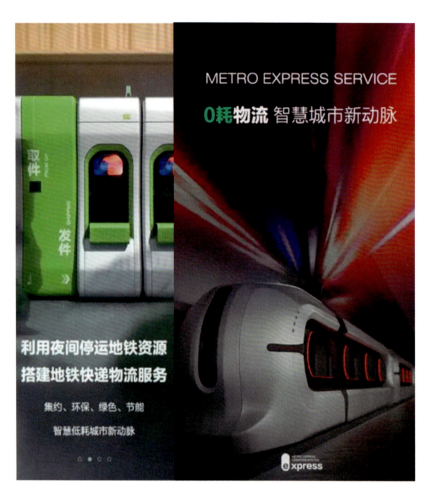

作品名称： 基于城市地铁的快递物流系统研究与概念设计
作者： 李伟楠
指导老师： 吕杰锋
作者单位： 武汉理工大学

作品名称： 病房陪护用品的组合设计
作者： 杨兰
指导老师： 许昌
作者单位： 武汉理工大学

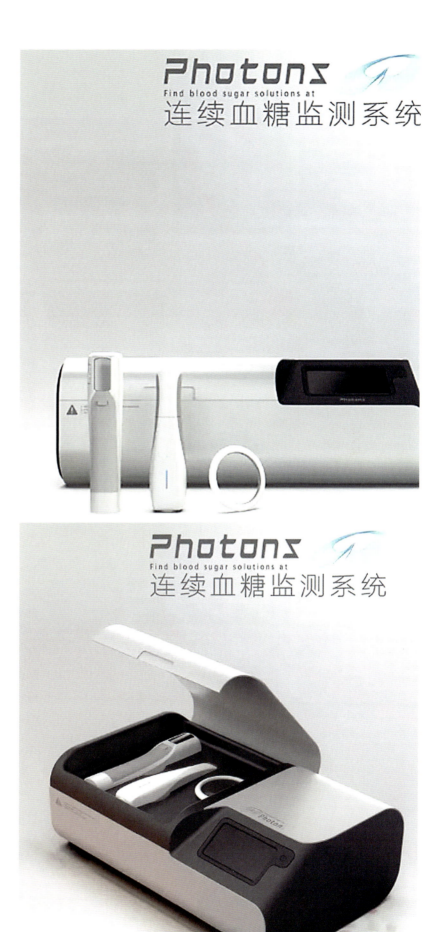

作品名称: Photons 连续血糖监测系统
作者: 陈吉豪
指导老师: 黄雪飞
作者单位: 武汉理工大学

作品图录：

  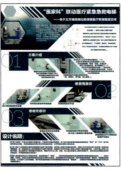 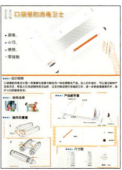

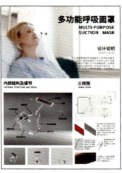   
   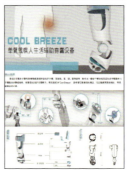
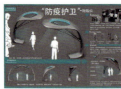 

1	2	3	4
5	6	7	8
9	10	11	12
13	14		

1. 智能防疫无人机　高矖、倪驰京　上海工程技术大学
2. 呼吸测试机　蔡志文　湖南大学
3. "医家科" 联动医疗紧急急救电梯　区紫樱　广州美术学院
4. 口袋里的消毒卫士　余慧、薛泽华、刘昂效　指导老师：孔祥富　沈阳航空航天大学
5. 多功能呼吸面罩　林聪　武汉设计工程学院
6. 可拆卸安检消毒仓设计　孙景华　北华大学
7. 概念智能新风口罩　谭骞　北华大学
8. 应急温感手环　曹峻博　兰州文理学院
9. 便捷口罩售货机　章文　广东第二师范学院
10. 小怪兽卫士：儿童体温记录仪　许晓禾　指导老师：李虹　燕山大学
11. 智能消杀通道　于文静　指导老师：李静　燕山大学
12. Cool Breeze　王铭铷　福建工程学院
13. "防疫护卫" 测温仪　王春娇　上海工程技术大学
14. 疫情复工电热饭盒　成珊、张颖、杨富娟　指导老师：姚善良　武汉工程大学

环境设计

ENVIRONMENT
DESIGN

作品名称： SHELTER STRUCTURE 方舱 2 号模块化抗疫医院设计 1
作者： 杨京玲、刘盼、柳瑞康、黄俊杰、曹聪帅
作者单位： 南京艺术学院

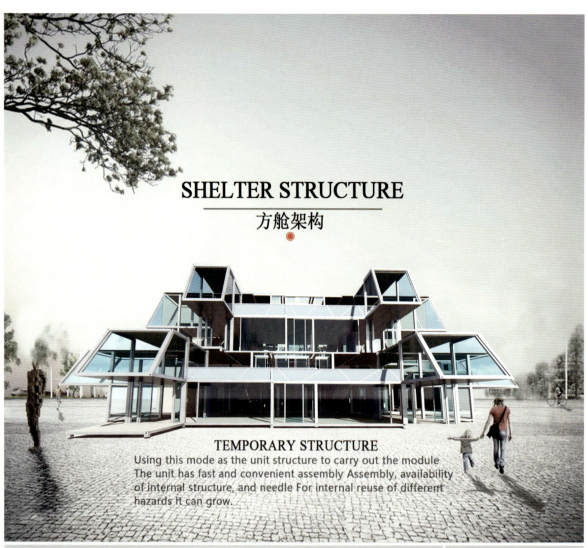

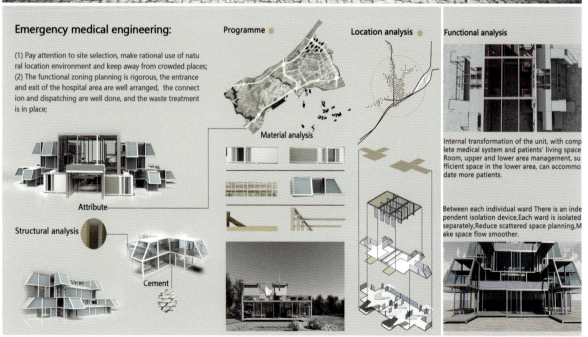

作品名称： SHELTER STRUCTURE 方舱 2 号模块化抗疫医院设计 2
作者： 杨京玲、刘盼、柳瑞康、黄俊杰、曹聪帅
作者单位： 南京艺术学院

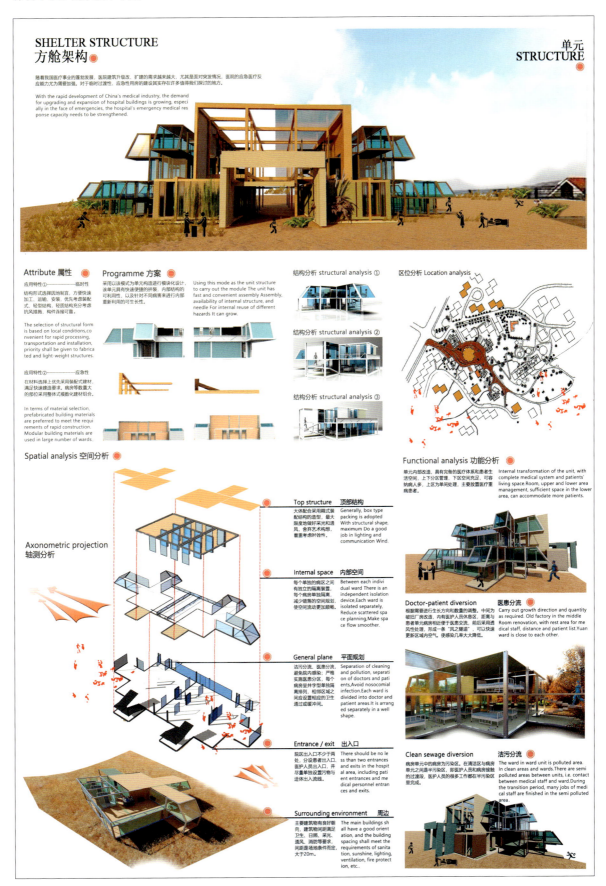

作品名称： NIRVANA 涅槃——铜绿山矿区景观可持续设计
作者： 刘欣冉、丁菁
作者单位： 中国地质大学（武汉）

作品名称： 模块化智能养老建筑
作者： 杨京玲、姜芷雨、居浩然
作者单位： 南京艺术学院

养老建筑是我国现阶段和以后社会发展的一个重要机构，在构建社会主义和谐社会方面有重大推进作用。目前，传统的养老建筑无法满足社会需求，人文关怀理念的渗透也很不理想，我们设计的综合性养老中心集中体现了"养老关怀"以及"智能化"的特点，以模块化的形式、不同种类模块的组合，将智能体检、智能家居以及高科技生活融入传统的养老模式中，打造以养老为目的的现代化养老医疗中心。

作品名称：轮回——扁担山现代树葬墓园景观设计

作者：刘昱佳

作者单位：中国地质大学（武汉）

作品名称： 夕·养——五感体验型康体养老度假区规划设计
作者： 刘怡君
作者单位： 中国地质大学（武汉）

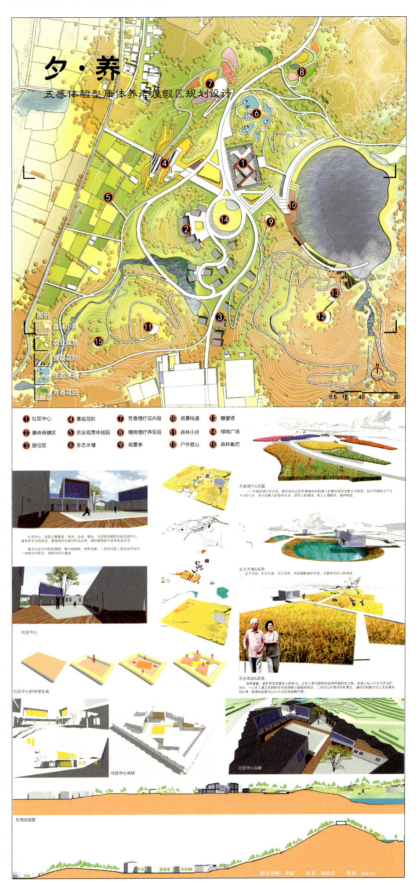

作品名称： 孝昌矿业转型策划与生态景观重构
作者： 廖雨晴
作者单位： 中国地质大学（武汉）

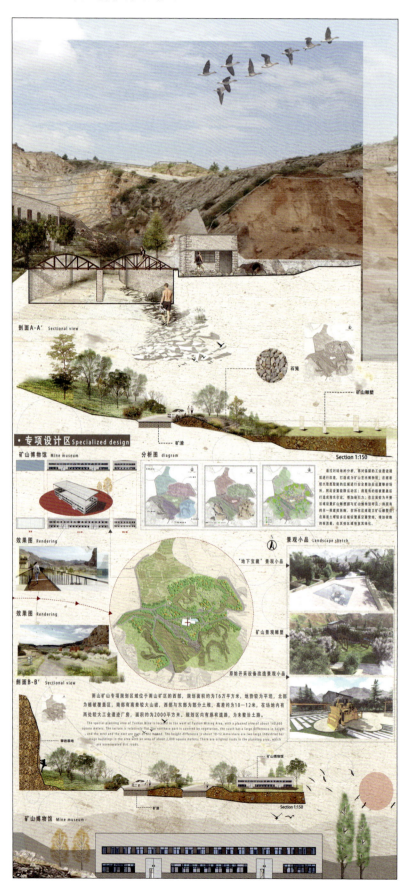

作品名称：胶囊咖啡店
作者：孙家玥
作者单位：武汉轻工大学

作品名称： 穹顶下的希望——过渡性中老年人传染病救治中心
作者： 戴荣豪、李晓峰、陈飞宏、曹子昂
指导老师： 黄鑫、陈薇薇
作者单位： 华南农业大学

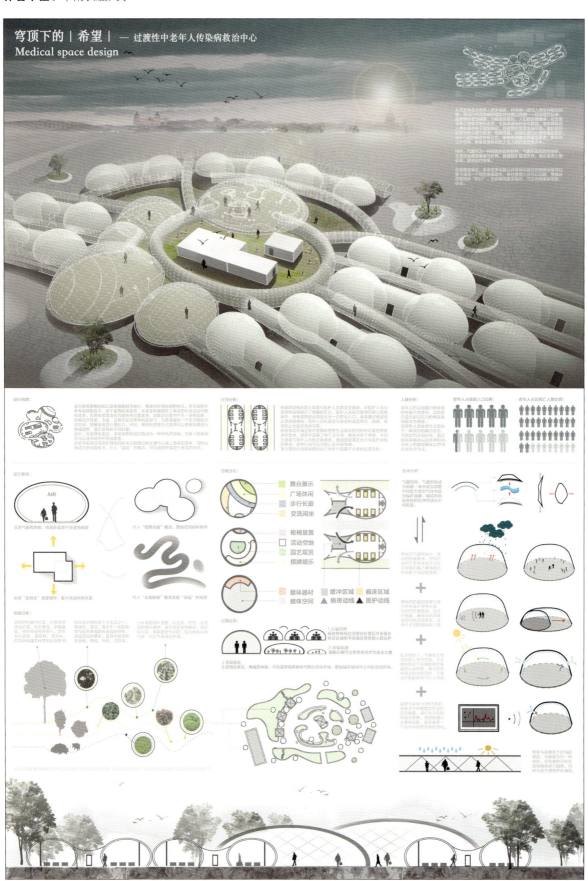

作品名称：移动隔离小方块
作者：吴杰锋、郑洁纯、张天丽
指导老师：陈薇薇
作者单位：华南农业大学

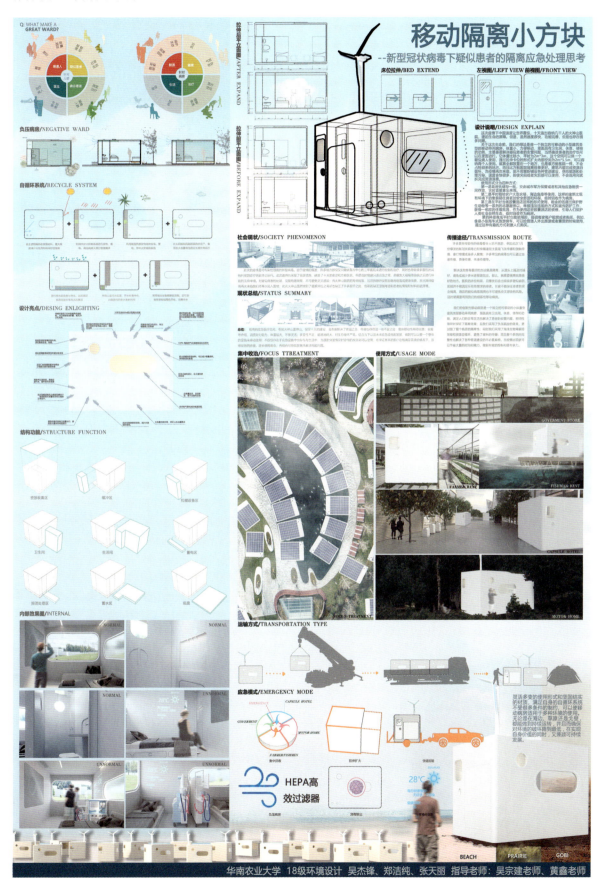

作品名称："八"方方舱医院
作者：宁津、魏蒲桂玲
作者单位：北京林业大学

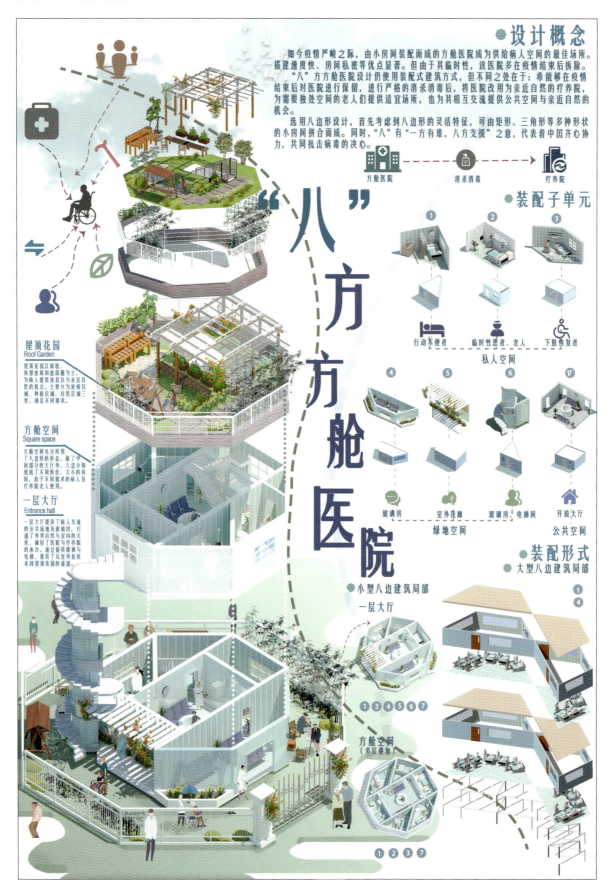

作品名称：隔离日志
作者：MPLZ 队
作者单位：广东工业大学

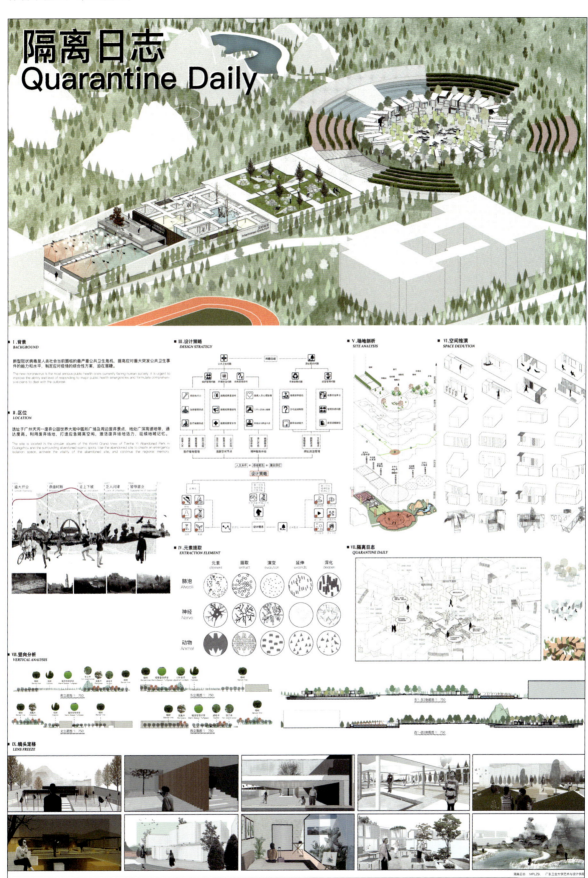

作品名称： 疫情下居家办公、健身小户型设计

作者： 袁傲冰、朱梦玲

作者单位： 中南林业科技大学

疫情下居家办公、健身小户型设计
Design of small house type for home office under epidemic situation

设计说明 DESIGN SPECIFICATION

在疫情中口罩的脱销，大家切实地发现，有钱并不是万能的，健康才是真正的第一位。在过去，餐客厅卧室等主要居住空间为首要考虑的因素，书房并不是一个居住空间的刚性需求。绝大多数书房都只出现在120平方米、四房户型或者更大面积的户型中。因疫情影响，大多数企业选择居家办公，对于员工来说，一个独立的书房成为刚性的应用场景需求。

因此，本方案在疫情下，采用住宅各个功能区域之间具有可变性、灵活性的方式，从而达到功能的转换，来适应家庭不同时期的不同居住行为和心理需求，也正好符合当今疫情状态下人们不得呆在家中的现状。

设计理念 DESIGN CONCEPT

- 一房多用 多样化空间结构
- 独立、开放空间
- 动静分区互不干扰
- 自有居住，长短皆宜
- 灵活空间，空间利用率最大化
- 满足不同人数需求和不同居期需求
- 智能家居，可由切换改变空间布局
- 推崇住宅空间可变性，节约资源值得可持续

平面图变化前布置 DESIGN CONCEPT

平面图变化后布置 DESIGN CONCEPT

通过可变家具、可移动隔墙方式介入产生空间的功能转换，从而满足业主多样化生活需求

空间布局 SPATIAL ARRANGEMENT

- 客卧
- 餐厅
- 客厅
- 主卧
- 活动室
- 卫生间
- 厨房
- 衣帽间
- 书房
- 儿童房

变化一："移型两用"（用餐区与客卧）功能转换

通过可移动储物柜，从而达到两空间之间的相互转换，由用餐区转换为客卧模式，兼容了客卧的功能，做到"一空间多用"。从而达到功能的转换与交流，便于老人来到家中小住，通过窗帘的隔断，形成一个单独的私密空间。

用餐区与客卧转换俯视图

变化二："移型两用"（书房与衣帽间）功能转换

推拉衣柜门，在衣帽间与书房之间进行适当的切换，达到功能的需求，以水平移动的方式，形成活动区和休息区的动静秩序。

书房与衣帽间转换俯视图

变化三："移型两用"（休息区与健身区）功能转换

主卧与儿童房的设计中通过活动隔墙的移动，形成开敞与封闭空间的灵活切换，便于照顾小孩，白天模式时，业主希望在小空间当中有与亲子互动以及健身的区域，通过"墨菲床"的折叠，形成宽敞空间，形成休息区与健身区的功能转换

休息区与健身区转换俯视图

效果图展示 RENDERING DISPLAY

 客餐厅

 客餐厅2

 卧室

作品名称： ARK——COVID-19 移动隔离住所
作者： 戴庆来
作者单位： 南京艺术学院

设计者/戴庆来

设计缘起

2020年年初，新冠肺炎疫情爆发，为控制疫情扩散，各地纷纷采取异地隔离14天措施。而常常因为场地的限制，并且由于一些隔离场所安全性不高，从而产生次生伤害。因此，利用集装箱进行改造，既方便布置又经济划算。可以在体育场，城市空地，公园，进行快速组装，形成集中隔离场所。可以阵列摆放形成一个个隔离单间，也可以快速组装形成临时的医院看护病房。

生成图解

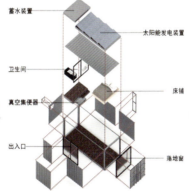

蓄水装置
太阳能发电装置
卫生间
床铺
真空集便器
出入口
落地窗

灵活组合

1. 多个集装箱组成临时医院

2. 两个集装箱组成一个病房，一个看护间

3. 四个集装箱组成两个病房，一个看护间

运载状态　　使用状态

室内布局

运载方式

作品名称：记疫展览馆
作者：平晶晶、凌晶兰、周余婧
指导老师：王云龙
作者单位：江汉大学设计学院

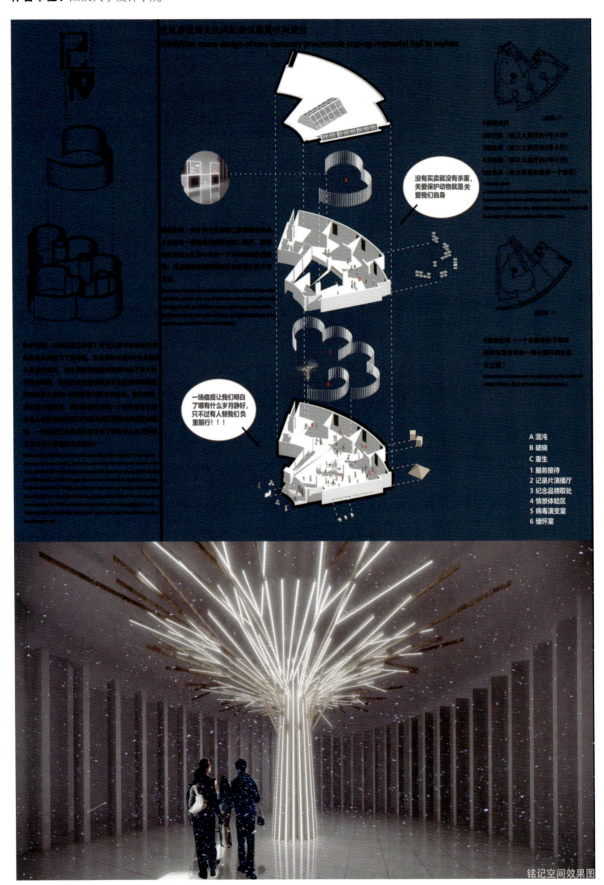

铭记空间效果图

作品名称：非人类与人类的共存空间
作者：郑钧
作者单位：武汉纺织大学伯明翰时尚创意学院

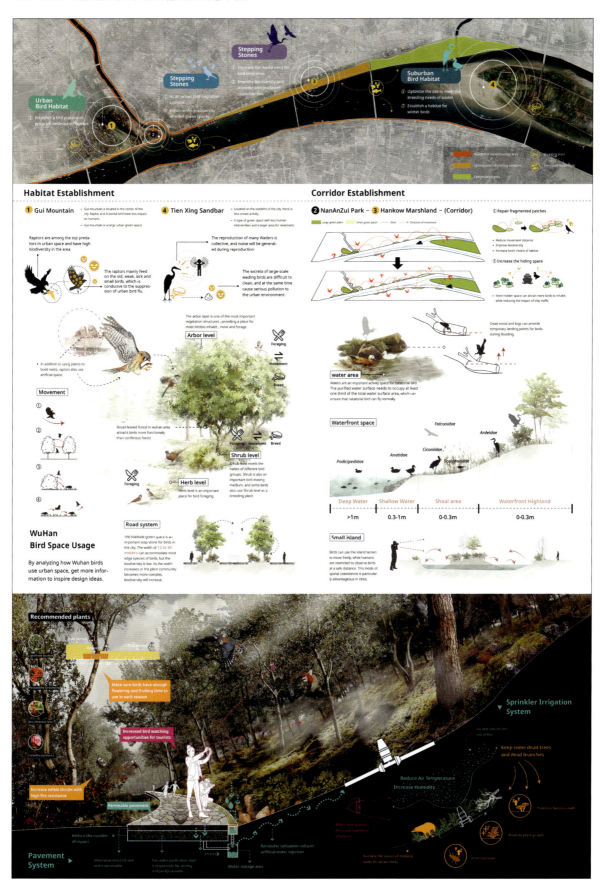

作品名称： 蚁合社区——废弃工厂改造
作者： 刘煜麒、苏小雨
作者单位： 中国地质大学（武汉）

作品名称： 校外村内
——村校边缘下的多元学生社区
作者： 王贵弘
指导老师： 温颖华、宋方舟、
许牧川、朱应新、卢海峰
作者单位： 广州美术学院

作品名称：百达驿——以驿站为媒介升级改造的农贸市场
作者：陈爱华
指导老师：王铭、李芃、黄全乐
作者单位：广州美术学院

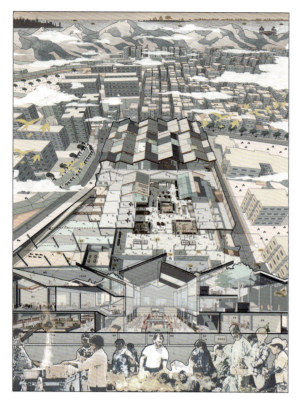

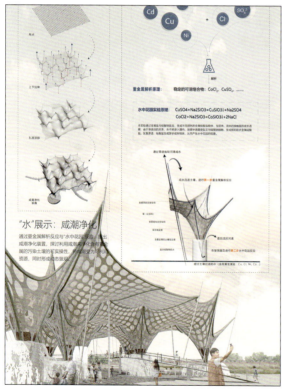
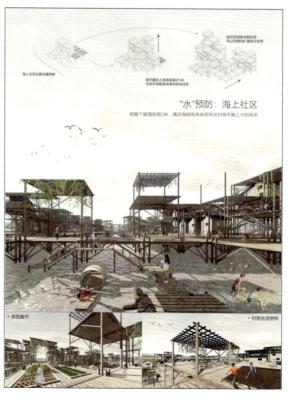

作品名称：与水共生——广州海鸥岛新沙田水景观空间设计
作者：黄惠子
指导老师：张莎玮、何伟、沈康、何夏昀、吴锦江、李致尧、杨颐
作者单位：广州美术学院

作品名称： MIXHOSPITALEX——"医疗+"混合业态综合体设计与研究
作者： 黄砚
指导老师： 许牧川、朱应新、卢海峰、温颖华
作者单位： 广州美术学院

作品名称： 回来了——城市生活垃圾分类展示设计
作者： 陈培源、赖嘉祥、张桂苗
指导老师： 陈颀、盛南
作者单位： 广州美术学院

作品名称：颐养乐园
——城市社区居家养老概念设计
作者：罗丹芮
指导老师：陈薇薇
作者单位：华南农业大学

作品名称：虚拟农业博物馆
作者：李智威、周惠强
指导老师：涂先智、苏珊珊
作者单位：华南农业大学

作品名称： 双生——"后疫情"时代的校园弹性生态景观改造设计探索
作者： 李天劼、章思翼
指导老师： 方振军
作者单位： 浙江工业大学

作品名称： "后疫情"时代未来乡村景观设计
作者： 李天劼、章思翼、曾柯、金冰欣、梅浩男、陈金璐、樊张韵、岑舒琪、王仙知、郑宇辛、徐颖、徐笑
指导老师： 梅欹、陈炜
作者单位： 浙江工业大学

作品名称：灯塔：疫情下时代记忆的寄存地
作者：毕徐佳
指导老师：任彝
作者单位：浙江工业大学

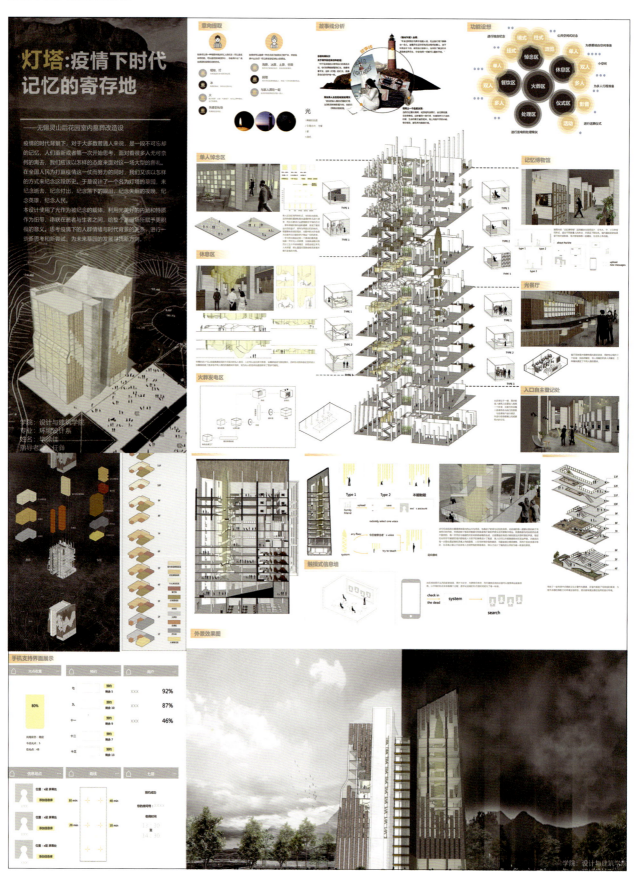

作品名称： 灾后重建安置房——模块化集装箱建筑
作者： 雷瑜
作者单位： 福建工程学院

作品名称： Y.K.T.&MACHI 联名中医养生馆空间设计
作者： 刘若晨
指导老师： 陈熙
作者单位： 武汉轻工大学

Y.K.T.&MACHI
联名中医养生馆空间设计

DESIGN DESCRIPTION

一个关于治疗和保养人身体的场所，在病毒肆虐和压力巨大的社会带给人们健康。全新的形象设计一扫陈旧，能够更好地打造一个"新"中医馆。

Layout analysis

平面布置 Plane layout

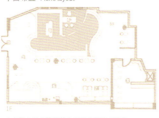

1.大门入口 2.接待前台 3.药品展示 4.诊室
5.多功能区 6.水吧台 7.卡座 8.药房

1.休息区 2.理疗室 3.产品定制 4.头部护理
5.卫生间 6.员工休息室 7.储物室

空间生成 Space generation

动线分析 Moving line analysis

Effect Presentation

信息艺术设计

INFORMATION ART DESIGN

信息艺术设计
交互设计
服务设计等

作品名称： 追光计划
作者： 周娇美、郭洁、吴逸晴、冯曼琦、陈淑仪
指导老师： 崔淼
作者单位： 广州美术学院

作品名称：大流行病初期快速隔离系统1
作者：魏英杰、姜睿、韦雅安、刘艺琪、韩玉晶
作者单位：湖南大学

作品名称：大流行病初期快速隔离系统2
作者：魏英杰、姜睿、韦雅安、刘艺琪、韩玉晶
作者单位：湖南大学

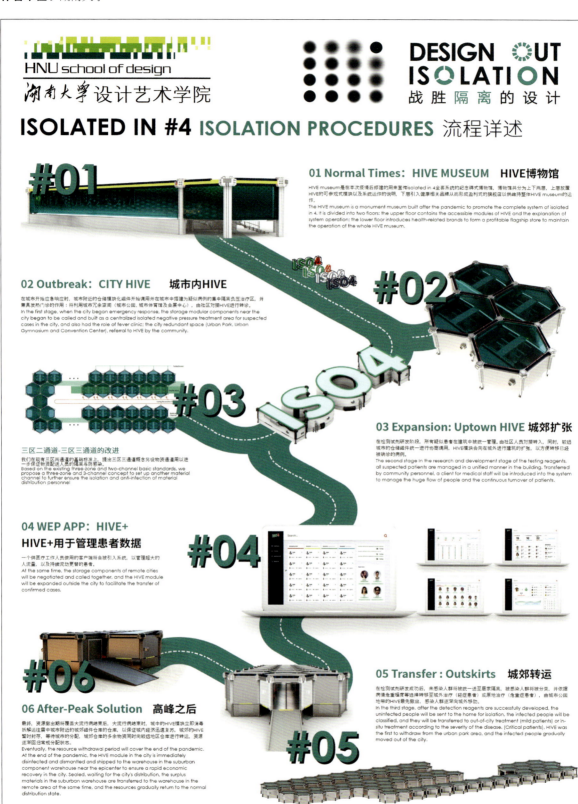

作品名称：CUBE-INN Home 疫情下医护人员紧急睡眠场所服务系统1
作者：佘瑜欣、王丹戎、李欣媛、赵雨欣
作者单位：湖南大学

作品名称：CUBE-INN Home 疫情下医护人员紧急睡眠场所服务系统2
作者：佘瑜欣、王丹戎、李欣媛、赵雨欣
作者单位：湖南大学

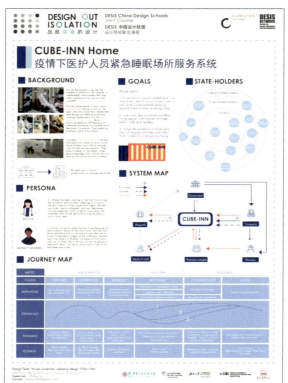

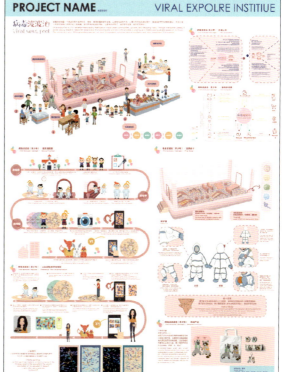

作品名称：病毒探研所1
作者：麦扬、罗丹、吴宛蔓、阙乐旻、黄奕凯
指导老师：秦臻
作者单位：广州美术学院

作品名称：病毒探研所2
作者：麦扬、罗丹、吴宛蔓、阙乐旻、黄奕凯
指导老师：秦臻
作者单位：广州美术学院

作品名称： 面向后疫情时期的核酸检测服务系统
作者： 李光耀、白盛男、彭如麟、汪大丁
指导老师： 韩少华
作者单位： 武汉理工大学

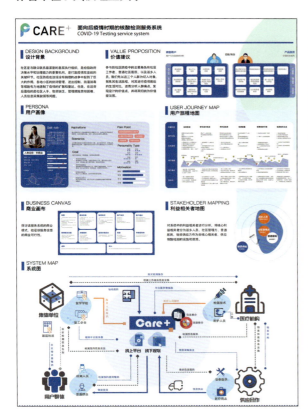

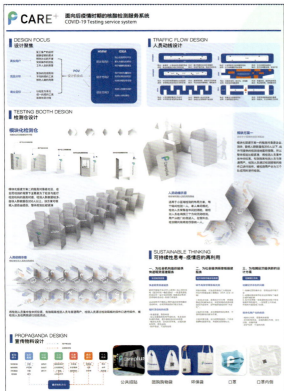

作品名称： 远程智慧医药服务体系
作者： 叶梦蝶、孙哲、许莹、董锦源
指导老师： 韩少华
作者单位： 武汉理工大学

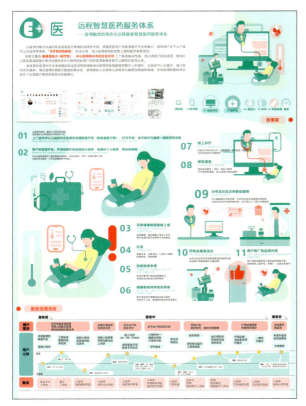

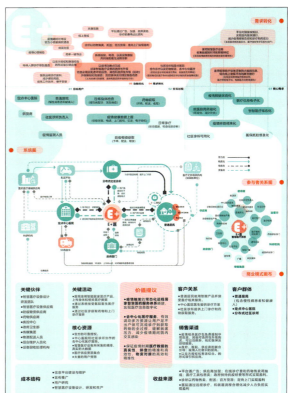

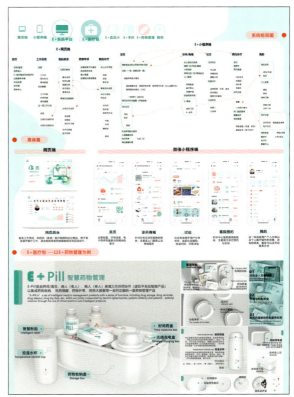

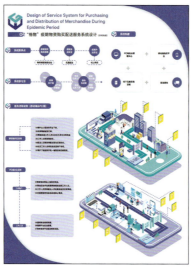

作品名称："格物"疫期物资购买配送服务系统设计
作者： 安然、张为谦、高山、罗国昕、董锦源
指导老师： 韩少华
作者单位： 武汉理工大学

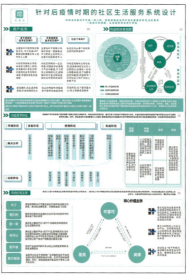
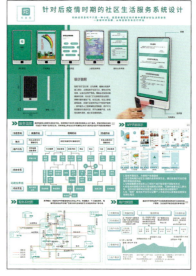

作品名称： 针对后疫情时期的社区生活服务系统设计
作者： 曹珺怡、牛红岩、苏镜之、徐佳雯
指导老师： 韩少华
作者单位： 武汉理工大学

作品名称： 社区防疫工作服务系统及产品设计
作者： 罗蕾、李沛钊、张菀、邹冰婕
指导老师： 韩少华
作者单位： 武汉理工大学

 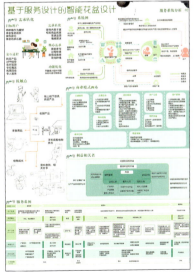 

作品名称： 基于服务设计的智能花盆设计
作者： 危宇、程润清、连庆欣、黄家亮
指导老师： 韩少华
作者单位： 武汉理工大学

作品名称： 剩宴计划

作者： 李立恒、谭文瀚、小安（Arian Norton）

作者单位： 天津美术学院

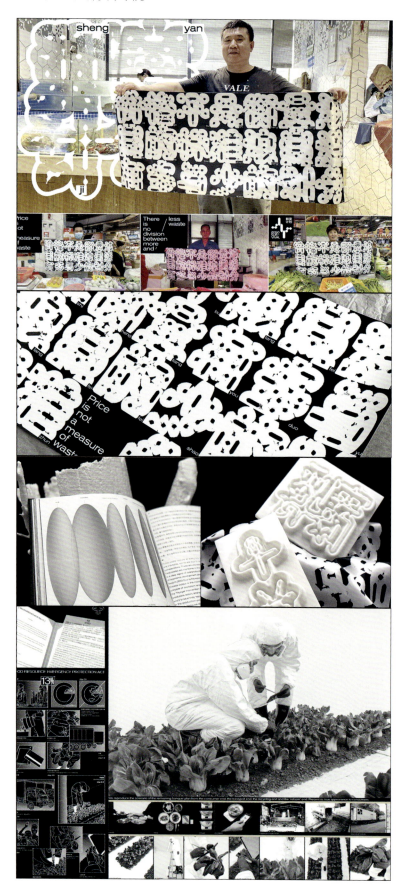

作品名称：全民战疫系列
作者：何欣纹
指导老师：赵熙
作者单位：浙江树人大学艺术学院

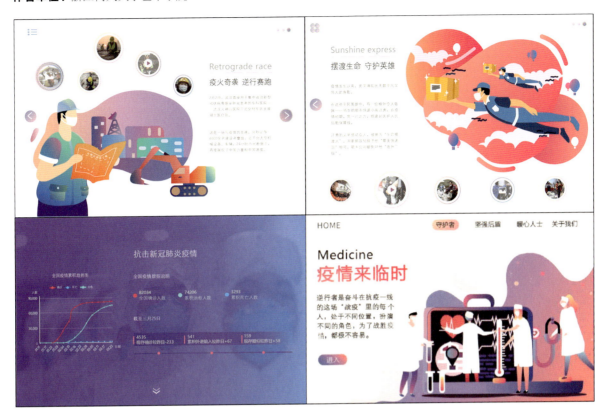

作品名称：从非典看新型冠状病毒
作者：张咏琪
作者单位：中国地质大学（武汉）

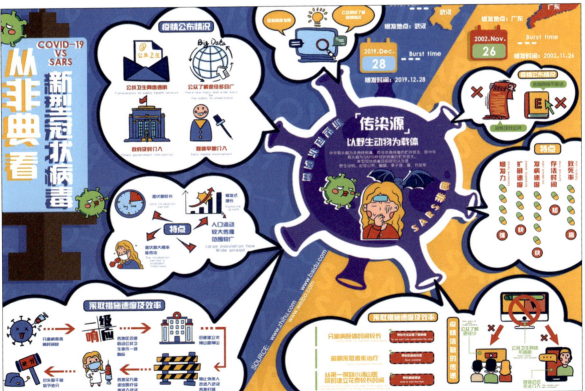

作品名称：《进店用餐宣传守则》动态 H5
作者：鄂盛倩、朱潇潇、何文静
指导老师：贺贝若
作者单位：武汉纺织大学伯明翰时尚创意学院

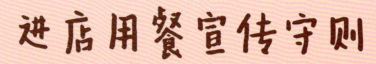

1. 进店流程

2. 支付订单

  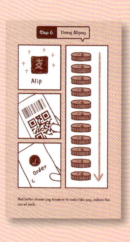 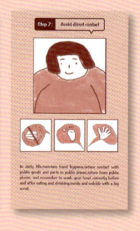

3. 用餐卫生

作品名称： COVID-19 数字图迹

作者： 吕曦、曾真、汪泳、韦敬馨、唐荣凌

作者单位： 四川美术学院设计学院

服装设计

COSTUME
DESIGN

作品名称： 白衣执甲，今朝凯旋
作者： 周倩
作者单位： 中国美术学院

作品名称： 飘穗
作者： 洪昊迪
作者单位： 深圳大学

作品名称： 生命的轮回
作者： 李雨晗
作者单位： 中国美术学院

作品名称： 道不远人，人无异乡
作者： 祁泽宇
作者单位： 中国美术学院

作品名称： 口罩系列设计
作者： 蒋励
指导老师： 张洽、孔佳
作者单位： 浙江科技学院

作品名称：科罗纳
作者：陈晨
指导老师：Olivier Blanc、于雯姣
作者单位：大连工业大学

作品名称：逆行者战袍
作者：孙艺津
作者单位：东华大学

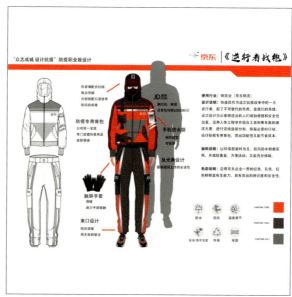

作品名称：本草纲目
作者：刘凯伦
指导老师：郭文君
作者单位：大连工业大学

作品名称：空城
作者：魏之星
指导老师：杨绍桦
作者单位：大连工业大学

作品名称：控疫
作者：冯昭
指导老师：于莉佳
作者单位：哈尔滨师范大学

作品名称：逆行者
作者：黄明康
指导老师：金惠
作者单位：华南农业大学

作品名称：驰援而去，携春归来
作者：楼碧漪
作者单位：中国美术学院

作品名称：众志成城，春暖花开
作者：李佳颖
作者单位：中国美术学院

作品名称：英雄
作者：郭祺
指导老师：丁玮
作者单位：大连工业大学

作品名称："医"脉相承
作者：刘凯伦
指导老师：郭文君
作者单位：大连工业大学

作品名称：环卫工人抗疫防护服设计
作者：胡芮连
作者单位：东华大学

作品名称："疫"站到底

作者： 曲轩依

指导老师： 李骏

作者单位： 齐鲁工业大学

作品名称："疫"线生机

作者： 刘雅慧

指导老师： 李骏

作者单位： 齐鲁工业大学

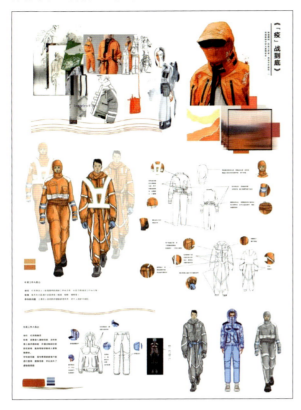

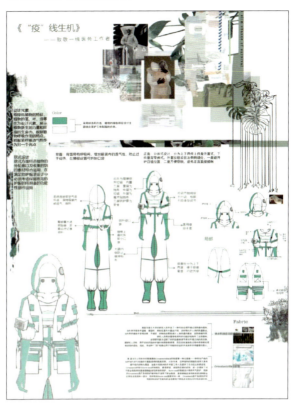

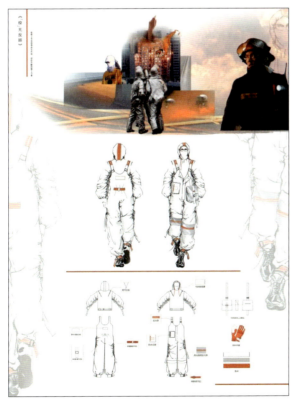

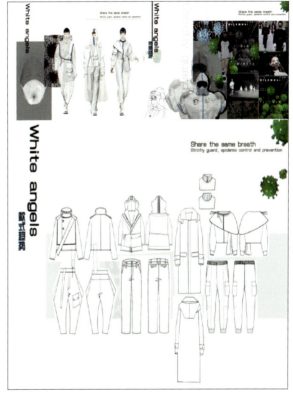

作品名称："疫"无反顾

作者： 巩莉

指导老师： 李骏

作者单位： 齐鲁工业大学

作品名称： White angels

作者： 伍秋裕

作者单位： 广西艺术学院

作品名称："罩福"万民——百毒不侵
作者：郭海燕
指导老师：金惠
作者单位：华南农业大学

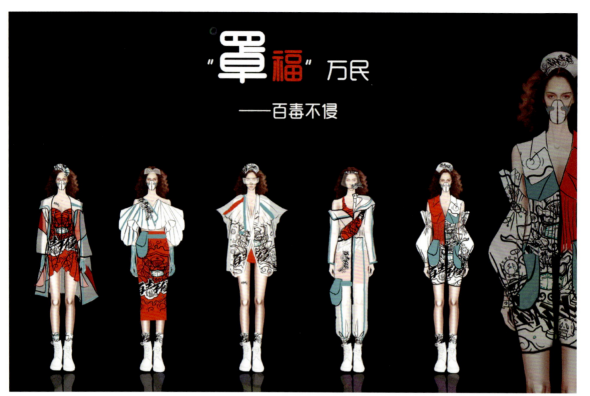

作品名称：却邪
作者：胡子悦
指导老师：金惠
作者单位：华南农业大学

作品名称：轮椅用防护型风雨衣
作者：任锦卉、郭静（通讯作者）、王琪、史丽敏
作者单位：北京服装学院无障碍服装研究中心

作品名称：轮椅用快脱运动裤
作者：郭静（通讯作者）、任锦卉、王琪、史丽敏
作者单位：北京服装学院无障碍服装研究中心

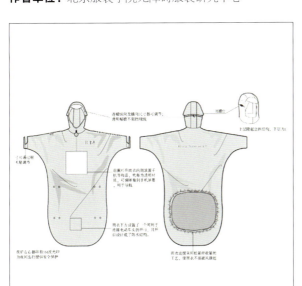

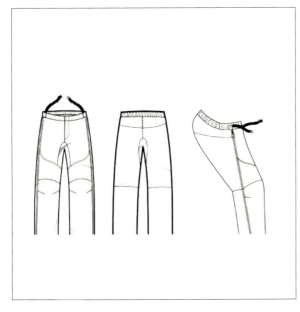

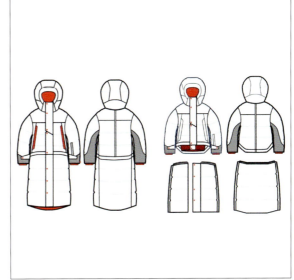

作品名称：轮椅用快脱休闲裤
作者：任锦卉、郭静（通讯作者）、王琪、史丽敏
作者单位：北京服装学院无障碍服装研究中心

作品名称：轮椅用长短款两用羽绒服
作者：郭静（通讯作者）、任锦卉、王琪、史丽敏
作者单位：北京服装学院无障碍服装研究中心

作品名称： 2020防疫职业服装设计——战"疫"跑者
作者： 金子涵
指导老师： 崔玉梅
作者单位： 东华大学

作品名称： 春暖花开 为战而骑——外卖防疫服装设计
作者： 陈舒燕
指导老师： 曹霄洁
作者单位： 东华大学

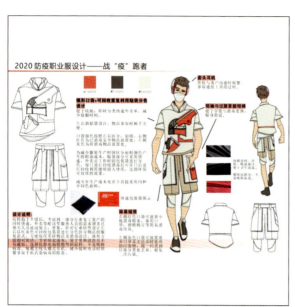

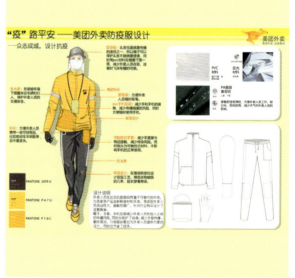

作品名称： 轨道交通工程员"防疫"职业装设计
作者： 谢雨细
指导老师： 曹霄洁、崔玉梅
作者单位： 东华大学

作品名称： "疫"路平安——美团外卖防疫服设计
作者： 施佳维
指导老师： 崔玉梅
作者单位： 东华大学

作品名称： 街道卫士——环卫工人防疫工作服设计
作者： 沈桐妤
指导老师： 崔玉梅
作者单位： 东华大学

作品名称： 女空乘员防疫服
作者： 郭欣韵
指导老师： 曹霄洁
作者单位： 东华大学

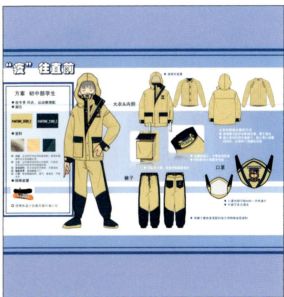

作品名称： LINER
作者： 谭雅宜
指导老师： 崔玉梅
作者单位： 东华大学

作品名称： "疫"往直前
作者： 梁飞飞
指导老师： 曹霄洁、崔玉梅
作者单位： 东华大学

作品名称: "苗苗战士"小学生抗疫秋冬校服
作者: 姚冰艺
指导老师: 崔玉梅
作者单位: 东华大学

作品名称: 儿童防疫多功能外套
作者: 王麒麟
指导老师: 崔玉梅
作者单位: 东华大学

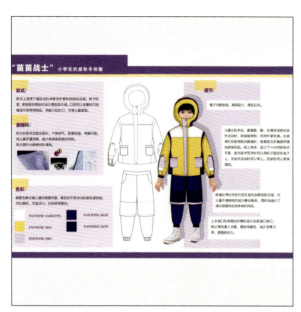

作品名称: 渡·生
作者: 柴思敏
指导老师: 尹红
作者单位: 广西艺术学院

作品名称: 亿心一疫
作者: 琚小芬
指导老师: 张屹希
作者单位: 广西艺术学院

作品名称：共同面对
作者：钟沛均
作者单位：中国美术学院

作品名称：逆行天使
作者：李菲
作者单位：中国美术学院

作品名称：望燕归来，顾盼相拥
作者：张婧
作者单位：中国美术学院

作品名称：特殊时期，坚决抗疫
作者：陈樱洁
指导老师：金惠
作者单位：华南农业大学

作品名称：做好防护 整"疫"上阵
作者：刘家鑫
指导老师：马静
作者单位：陕西科技大学

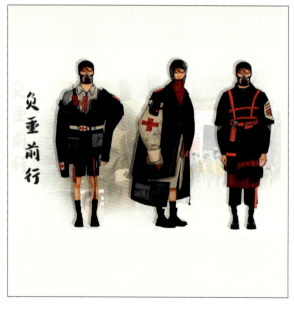

作品名称：负重前行
作者：张芳梓
指导老师：童辉
作者单位：武汉设计工程学院

作品名称：流感通知
作者：杨霄
指导老师：卢禹君
作者单位：哈尔滨师范大学

作品名称： BLUE ENVIRONMENTAL
作者： 赖泽莹
指导老师： 杨翠钰
作者单位： 华南农业大学

作品名称： 北纬三十度
作者： 李诗婷
指导老师： 陈金怡
作者单位： 华南农业大学

作品名称：聊·庄寨
作者：华洮
指导老师：闫艳
作者单位：华南农业大学

作品名称： 青春战"疫"
作者： 邢涵书
指导老师： 张宁
作者单位： 大连工业大学

其他

OTHER

绘画
雕塑
公共艺术

作品名称： 一个冬天（抗疫义拍作品）
作者： 刘巨德
作者单位： 清华大学

作品名称： 天使
作者： 庞茂琨
作者单位： 四川美术学院

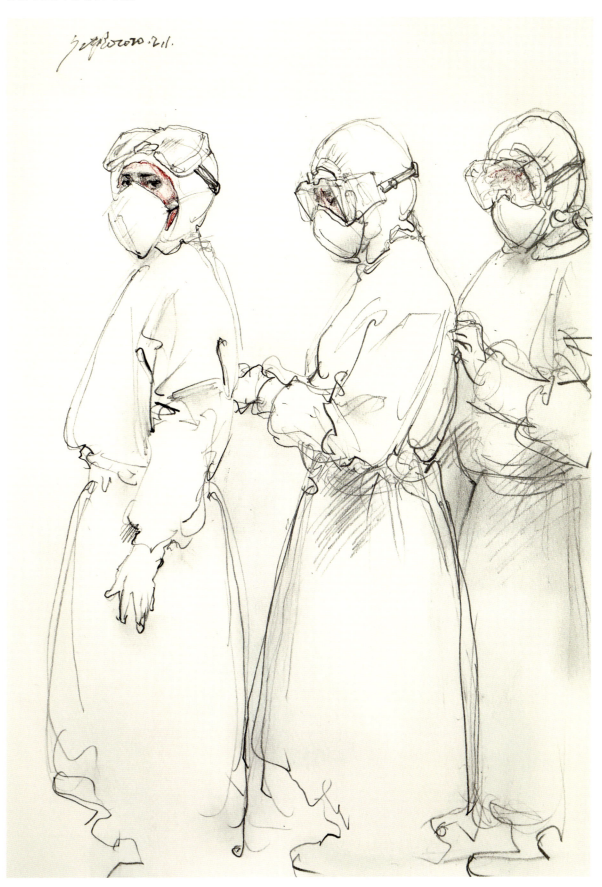

作品名称：同舟共济
作者：魏小明
作者单位：清华大学美术学院

作品名称：行健
作者：李象群
作者单位：鲁迅美术学院

作品名称： 火神山上的向家五兄弟
作者： 李鹤
作者单位： 清华大学美术学院

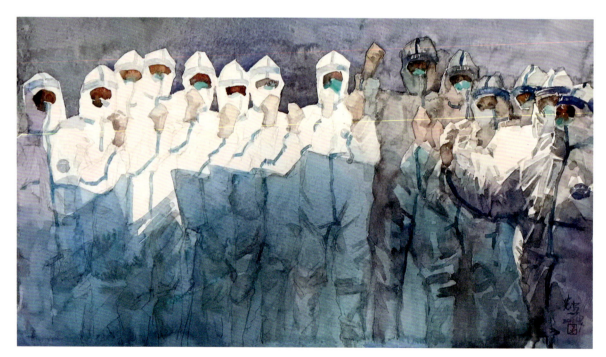

作品名称： 致敬！白衣天使
作者： 李光安
作者单位： 上海工程技术大学

作品名称：展翅
作者：乔迁
作者单位：清华大学美术学院

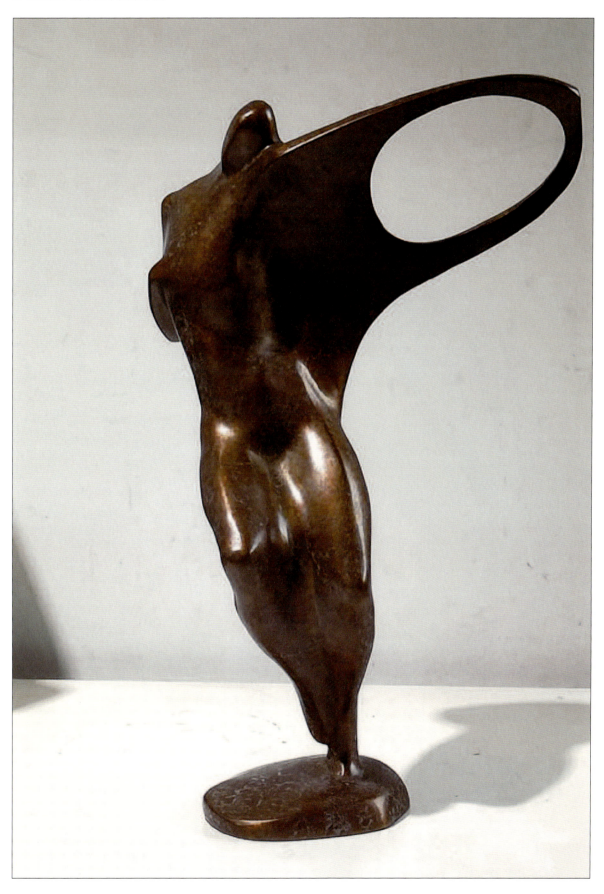

作品名称：中国逆行者
作者：石富
作者单位：清华大学美术学院

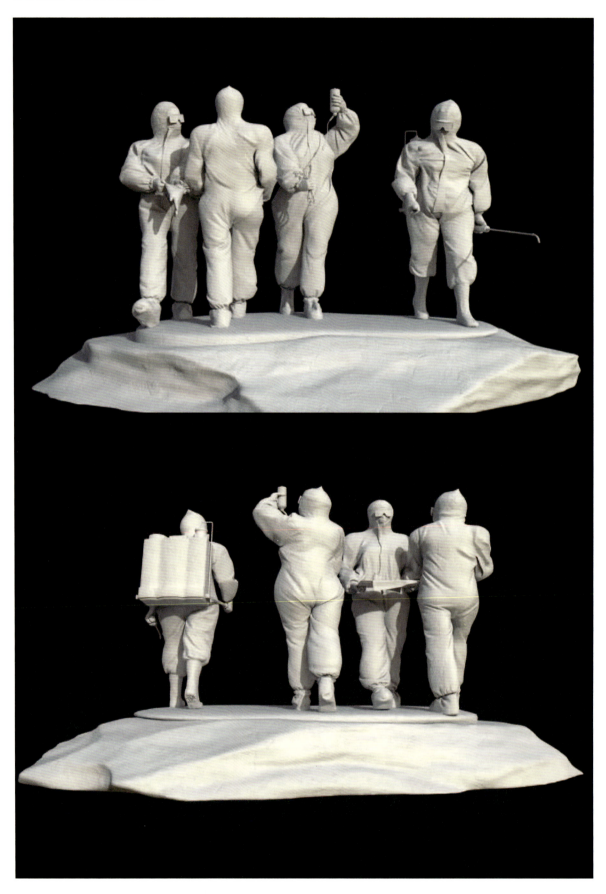

作品名称： 以艺抗"疫"｜老教授　新漫画1
作者： 梁世英
作者单位： 清华大学美术学院

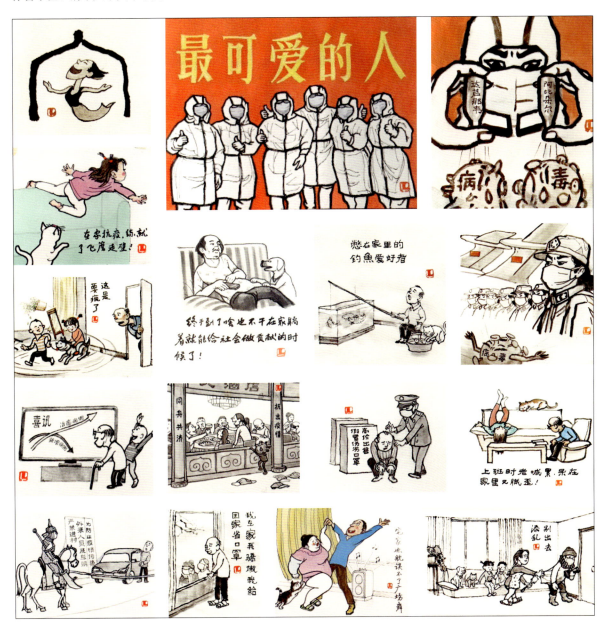

作品名称： 以艺抗"疫"｜老教授　新漫画2
作者： 梁世英
作者单位： 清华大学美术学院

作品名称： 黎明前的曙光
作者： 严旭
作者单位： 清华大学美术学院绘画系

作品名称： 风火雷霆（上） 中国速度（下）
作者： 平龙
作者单位： 上海工程技术大学

作品图录
CATALOGUE OF WORKS

作品图录： 1～8排为"学习强国"帖封，9～11排为"心相系·克时艰"帖封。

1	【抗疫战歌】我们在一起｜众志成城 设计抗疫——西安美院专辑	【抗疫战歌】我们在一起｜众志成城 设计抗疫——广州美术学院专辑	【抗疫战歌】众志成城，设计抗疫——武汉理工大学工业设计专辑	【抗疫战歌】我们在一起｜众志成城 设计抗疫——景德镇陶瓷大学专辑
2	【抗疫战歌】我们在一起｜向最美女性致敬 向抗疫一线的巾帼英雄们致敬	【抗疫战歌】我们在一起｜凛冬过后 春暖花开	【抗疫战歌】我们在一起｜战疫情 武汉行	【抗疫战歌】我们在一起｜春暖花开 樱为有你
3	【抗疫战歌】我们在一起｜众志成城 设计抗疫——南京艺术学院…	【抗疫战歌】我们在一起｜众志成城 设计抗疫——景德镇陶瓷大…	【抗疫战歌】我们在一起｜众志成城 设计抗疫——大连工业大学…	【抗疫战歌】我们在一起｜全国政协委员李象群：与国家同向而…
4	【抗疫战歌】我们在一起｜众志成城 设计抗疫——世界环境日专…	【抗疫战歌】我们在一起｜众志成城 设计抗疫——上海工程技术…	【抗疫战歌】我们在一起｜众志成城 设计抗疫——湖南理工学院…	【抗疫战歌】我们在一起｜众志成城 设计抗疫——北京科技大学…
5	"众志成城，设计抗疫"作品展示（41）——武汉理工大学	【抗疫战歌】我们在一起｜众志成城 设计抗疫——鲁迅美术学院…	【抗疫战歌】我们在一起｜众志成城 设计抗疫——北京理工大学…	【抗疫战歌】我们在一起｜众志成城 设计抗疫——广州美术学院…
6	【疫情防控，武汉担当】我们在一起｜春暖花开时	【抗疫战歌】我们在一起｜胜利在望	【抗疫战歌】我们在一起｜众志成城 "艺"心抗疫（3）	【抗疫战歌】我们在一起｜凛冬过后 春暖花开
7	【抗疫战歌】我们在一起｜防疫从我做起（3）	【抗疫战歌】我们在一起｜战疫情 武汉行	【抗疫战歌】我们在一起｜春暖花开 樱为有你	【抗疫战歌】我们在一起｜联防联控 春风送绿暖江城
8	【抗疫战歌】我们在一起｜白衣执甲 英雄凯旋	【抗疫战歌】我们在一起｜深切缅怀 抗疫英烈 逝世同胞	【抗疫战歌】我们在一起｜大国担当 大爱无疆	【抗疫战歌】我们在一起｜守望相助 精准出击
9	"众志成城，设计抗疫"作品展示（19）——云南大学艺…	"众志成城，设计抗疫"作品展示（20）——鲁迅美术学院	"众志成城，设计抗疫"作品展示（21）——齐鲁工业大学	"众志成城，设计抗疫"作品展示（22）——首都师范大学
10	"众志成城，设计抗疫"作品展示（23）——东华大学	"众志成城，设计抗疫"作品展示（24）——作品综合展示	"众志成城，设计抗疫"作品展示（25）——五一劳动节…	"众志成城，设计抗疫"作品展示（26）——广西艺术学…
11	"众志成城，设计抗疫"作品展示（28）——江西师范大…	"众志成城，设计抗疫"作品展示（29）——湖北美术学院	"众志成城，设计抗疫"作品展示（30）——五四青年节…	"众志成城，设计抗疫"作品展示（27）——西北民族大…

作品图录： 1～4排为"学习强国"帖封，5～9排为"心相系·克时艰"帖封。

作品图录： 1～2排为"学习强国"帖封，3～11排为"心相系·克时艰"帖封。

后记
POSTSCRIPT

  COVID-19疫情危机凸显了当今世界文明的脆弱性，并将彻底改变人类的社会秩序，进而影响人为世界的认知维度和设计范式。后疫情时代的世界充满不确定性，这种不确定性被视为一种可以影响人类经验的动态情况，许多系统和公认的行为模式将不得不重新配置，以便在不确定的未来能够提供更强的灵活适应性。在后疫情时代，设计有能力将各种器物、活动和事件集成到一个系统中，以减轻不确定性的程度，为确保未来世界更具弹性作出贡献。

  但今天的疫情提醒我们，设计师有时也在同谋创造一个已经停滞不前的脆弱世界。因此，作为一名社会化职业的"设计师"，需要重新设计并定义设计，从健康设计和可持续发展的角度，探索设计和自身全新的角色、职责、使命、方法，进而重筑人类相互关联的未来。COVID-19疫情危机所产生的全球性问题需要全球性的解决方案，这需要知识来支持一个集成系统，支持以人为本的设计和未来无处不在的技术。

  突如其来的COVID-19疫情对全球设计教育在观念和方法层面都提出了全新的挑战。作为世界上体量最大的设计高等教育产业，中国的设计教育必须积极应变，对此次公共卫生危机提出中国方案。因此，教育部高等学校设计学类专业教学指导委员会（以下简称"教指委"）率先面向全国设计学相关院校发起《"停课不停学"设计学教指委倡议书》，号召全国设计院校共同携手，推进设计学在线教学体系构建，共享国内外在线教育资源，提升设计学各专业在线教学实践与研究能力；发挥设计学专业特色，面向健康中国发展规划纲要，引导设计教学与研究实践关注大健康、公共安全与公共服务、设计创新等问题，展开课程教学、毕业设计、教学研究等的长期研究与实践。同时，教指委向全国设计院校推荐了"在线教学工具平台名单""在线教学资源名单""在线教学课程参考资料名单"，供各院校参考并根据具体需要选择应用。教指委发起的"设计抗疫"艺术设计作品的征集活动，产生了积极的社会影响，得到了全国设计院校的广泛响应，并受到教育部高教司的鼓励和表扬。

通过对在线设计教学方法的探索和面向健康设计主题的创新设计实践教学，全国已经有300多所高校的设计专业师生，从视觉传达设计、产品设计、环境设计、信息艺术设计、服装设计及其他不同的专业角度，设计创作了大量面向健康中国战略的优秀设计作品，体现了中国设计界的担当。

最后，由衷感谢各参与院校对本次活动的大力支持和积极参与；也感谢编委会的各位老师在疫情期间的辛勤付出，他们对众多作品进行收集、整理、遴选、设计，让这本具有特殊意义的作品选呈现在大众面前。我们希望通过本书的出版，能够促进中国设计教育直面健康可持续的全球化未来，探索出新的范式，贡献出中国智慧，共同探讨设计如何应对未来的不确定性问题。

教育部高等学校设计学类专业教学指导委员会秘书长
清华大学美术学院副院长、教授
2020 年 08 月 26 日